浜藻崎陽歌仙帖

別所真紀子
Bessyo Makiko

幻戯書房

目次

浜《はま》藻《も》崎《き》陽《よう》歌《か》仙《せん》帖《ちょう》

其の一　青北風《あおぎた》

赤間《あかま》の港に、久栄丸《きゅうえいまる》は三日遅れで入ってきた。

周防《すおう》の仮寓先で、長崎の久松熊十郎からの書状を受け取った、五十嵐梅夫《ばいふ》と浜藻《はまも》の父娘は、久松廻船の常宿だという赤間の石屋宿へ来て待っていたのだった。

書状には九月はじめに入港するから船で来れば山道を徒歩《かちある》きせずとも寝たままで楽に旅が出来る、くんちの祭には間に合うはず、と認《したた》めてあった。

それが六日待っても入港しない。鬢《びん》のあたりに白いものが混じる石屋の女将が言うには、越前沖から石見沖にかけて時ならぬ大暴風でとても航海ならぬそうだ。

「お天気任せじゃありますけえ、気い揉んでもどうにもなりませんで。ま、のんびり待ってつかあさい」

つれづれに囲碁はどうです、将棋は、と盤を運んできたりした。

「いや、儂らは俳諧行脚で諸国を巡っておる者。暇な折は娘と付合で遊びますし、画帖も持参して珍しい風物を描いて土産《みやげ》にと思うておりますす故、退屈などいたしません」

「まあ、父御《ててご》と娘御と付合で遊びなさる。珍らしうありますの。それはそれは」

石屋の女将は目を丸くして、俳諧なら近所にもたしなむ者を知っていると言う。

女将の世話で、船を待つ間に俳席を設けて歌仙一巻仕上げたりもした。

梅夫は、本名を五十嵐伝兵衛孝則といい、武蔵国大谷村の名主であったが、代々文芸に親しむ家風で父祇室《ぎしつ》が俳諧を好んだため、早くから此の道に入って撰集も一冊上板している。一人娘の茂代《もよ》も祖父と父から手引きされて浜藻と号し、女ながらも江戸では夏目成美《せいび》、鈴木道彦、小林一茶など当代の高名な俳諧師と一座するほどの腕であった。

はたちの時に婿を迎えたのであったが、子を生さないまま三十五という歳になり、このたびの西国行脚は、むしろ隠居した父を唆《そその》かしたようなところもある。連れ合いとしっくりしないのだった。

梅夫は、旅立つに当って頭を剃り俄《にわか》道心となって桑園梅夫と名告《なの》っている。俳諧師の諸国行脚は大きに流行しているとはいえ、名主の妻である娘を伴っての長旅は尋常ではない。浜藻は梅夫が十五の年に生れたので、他所目《よそめ》には夫婦に見えないでもない。そこをば慮《おもん》ばかって剃髪したのだった。

浜藻は旅に出て生き返ったように伸びのびして、ふだんでも色白の下ぶくれの華やかな面もちは若くみられるのだが、

「何故だか、おまえ、若返ったようじゃないか」

「ええ、気持は十七、八の娘のようですもの」

などと言い合ったくらいで、三十路を越したとは思えない見掛けであり、梅夫は年相応に見えるから父娘として他所目を気にすることもなかったのだけれど。

船は八日の夕方に入った。

知らせが届いたのは父娘が夕餉《ゆうげ》の膳に向っているときで、烏賊《いか》の刺身やら松茸の吸物やら甘鯛の一夜干やらという山海の豪儀な馳走で、

「まあ、勿体ないような」

みな土地の産物で、江戸での値とは比べものにもならぬというが、名主とはいえ水田の少ない小邑の大谷村では、正月か祭かと思う膳組みに嘆声をあげていたのだった。

「久栄丸が入りましての、番頭さんが来ておくれますけえ」

女将が四十年配の陽灼《ひや》けした男を案内してきた。男は片手に書状を握っている。

「久松の番頭で多兵衛と申します。えらい遅うなりまして申し訳もござりません」

時ならぬ嵐でどうにもならず、石州《せきしゅう》浜田港で三日天気待ちしていたという。

「夜っぴて荷おろし荷積み致しまして、暁には出しますんで、今夜のうちに乗船して頂かねば」

船の旅は初めてではない。攝津《せっつ》から周防へも瀬戸内の島々を縫う船旅を選んだのだ。おなごの船旅はまだ珍しいが、男にはいらないはばかりの始末がつく船なら、浜藻は陸路より楽でおもしろいと思う。船に酔うたことはなかった。隅田川では小さな猪牙舟《ちょきぶね》に乗り馴れている。

久栄丸は猪牙舟なぞ木の葉に思えるような大きな船であった。

港では盛大に篝火《かがりび》を燃やして、荷を肩にかつぐ者、大八車に載せる者、車を曳く者、何やらわけのわからぬ声が飛び交って火事場のような賑やかさ。

桟橋に横付けされた船も見上げるような高さに灯火が連なり、頑丈な渡り板が三本も掛けられている。声を呑んで父娘が目を瞠っていると、

「五十嵐さまのお着《つ》きい」

荷を持って案内してくれた石屋の手代《てだい》留造が大声を張りあげる。

「早う上って来らっしゃりませい」

降ってくる声は真中の渡り板の上からで、多兵衛らしいがしかとは判らない。

船旅に備えて、お高祖頭巾に裁付袴《たつつけばかま》のようなものを身につけた浜藻は、どきどきしながら父親の手を握って渡り板を上った。

船の手摺は渡り板の幅だけ開閉できるようになっている。上りつめるとそこが甲板だった。太い帆柱が立ち、畳まれた帆がうず高いあいだを、灯がいくつもちらちらして、人が行き交っている。帳面を手に筆を耳にはさんだ多兵衛が迎えてくれた。

「どうも、忙《せわ》しないとこで相済みまへんなあ。何せ時化《しけ》で遅れとるもんで」

「いやいや、当方こそ忙しいのにお手間取らせて申し訳ない。お邪魔だろうがよろしうに」

梅夫の挨拶を耳にしたかせぬか、多兵衛は荷を持って後から上ってきた石屋の手代に、

「おう、留造どん、客人を親方の間へ案内してごしない。ばってん此処が片付きゃあご挨拶に伺うよってに、頼んじょうと」

声を掛け、のちほど、と頭を下げて帳面と積荷に目を戻す。石屋の手代は船のことがよく判っているらしく、

「ひとまず、内部《なか》へお出《い》でませ」

カンテラをかざして、甲板の中ほどにぽっかり空いた穴の方へ導いた。穴には梯子が掛っており、穴の中でも人声や灯がちらちらする。急な梯子である。留造という男は荷をかつぎカンテラを持ちながら、危なげなく下りてゆく。

カンテラの灯が頼りなので、辺りの様子は判らぬまま付いて行ったのは戸障子を立てた小部屋であった。

留造がカンテラの灯を移したのを見れば、吊るしたぎやまん行灯《あんどん》である。狭いが畳二枚が敷いてあり、隅には船簞笥《ふなだんす》と夜具もあった。

「此処は親方が乗らっしゃるときの部屋ですけえ、荷積みが片付くまでひとまず横になっておられませ。いずれ多兵衛どんが見えましょうけえ」

父娘の荷をおろすと留造は、ほんならご無事で、と立ち上った。浜藻は銀の小粒を素早くひねり紙に包んで心付けとした。

「おおきにお世話になりました。留造さんは船にも詳しいのですねえ」

「へえ、もとは手前も船に乗っておりました。久松さまの船にはよう客人が乗られますんで、此処は何べんも案内したことがありますけに」

「そうでしたか。もとは船に」

「へえ、石屋の船でして。こないに大けな船ではのうて、嵐で引っくり返りましてな」

留造は九死に一生を得たのだったが、石屋のあるじは助からなかったのだという。そういえば、石屋では女将にしか会わず、旦那はと聞きにくい気配が感じられたのだった。

「女将さんによろしうに」

へえ、また戻りにはお寄り下されと言って留造は出て行った。父娘は顔を見合わせてふうっと息を吐いた。

「大きな船ですねえ、千石船でしょうか」

「いや、大きいとはゆうても千石まではゆくまい。五百石よりは大きいか。随斎どのが、菊也さんは長崎でも一、二という廻船問屋で町年寄とゆわれたが、大したもんだ」

父娘は随斎夏目成美の添状を持って旅立ったのであった。

随斎成美は当代切っての俳諧師、本業は江戸蔵前の札差《ふださし》である。父が宗成、叔父が祇明と号する俳諧師で成美も幼時から此の道に親しみ、十五歳で早くも撰集に入集する才を見せた。家業の井筒屋を継いで八右衛門包嘉《かねよし》と名告ったが十八歳の折に罹《かか》った熱病で右足が不自由となり、すっぱりと家督を弟に譲った。

その弟が俄《にわ》かな病で急逝、心ならずも札差稼業に戻ったのであるが、俳諧の方も片手間とはいえぬ目覚ましい仕事ぶりで、数多の俳諧撰集の他、尾張の暁台《きようたい》、京の蕪村《ぶそん》、几董《きとう》らと共に芭蕉翁顕彰につとめ、蕉風復古に大いに寄与して蕉翁連句集の校訂も成しているし、漢学者市河寛斎のもとで『日本詩紀』の校訂にもたずさわるなど、その名声は諸国に鳴り響いている。

　その上、札差という本業のある成美は、一派を立てて弟子を集めることなどせず、門下を奪われる心配がないため各派の宗匠とも風交を結んでいたから、序文跋文を執筆した撰集は数知れぬほどで、広い日の本の端から端まで、成美の名を知らぬ俳諧師はいないと言っていい。

　長崎の久松熊十郎も菊也と号して俳諧に遊び、成美の盛名を慕って教えを乞うたのが始まりで、諸撰集に名が出るようになった。

　五十嵐父娘は成美と親しくしている。それは先祖代々からのことで、大谷村は旗本久留《くる》氏の飛び領地であり、久留氏のお蔵米を預かるのが札差井筒屋なのである。その上俳諧では成美の父宗成と梅夫の父祇室は、四時観《しいじかん》派の同門だった。

　いにしえは知らず、当代の俳諧は蕉風一色であるが、芭蕉の門弟の中でも、其角《きかく》系の江戸座、嵐雪《らんせつ》系の雪中庵派、素堂《そどう》系の葛飾派と分かれている。支考の美濃派、乙由《おつゆう》、麦林《ばくりん》の伊勢派というのもあり、それぞれの宗匠が弟子を多く集めて一門を張るのに鎬《しのぎ》を削っているさまも見られた。

　江戸座と葛飾派の中から、革新をかかげて四時観派、五色墨《ごしきすみ》派というのも生れ、この二派はあまり流派にこだわらず、各流の交わりがひらけた功もある。

成美は流れから言えば四時観派であったが、他流とも交流したから諸国に名が知られているのである。

梅夫や浜藻が一座した、金令舎《きんれいしゃ》鈴木道彦の新築祝いでは、名古屋から井上士朗《しろう》も来参したし、元は葛飾派の小林一茶も参加して、それらを結びつけたのが成美であった。

父娘はその座で一茶から西国行脚の話を聞き、旅心をかきたてられたのだった。

「あれは、享和になった年の春だったな。一茶さんの面白おかしい旅の話を聞いたのは」

梅夫が、腰から煙草入れを抜き出して、煙管に刻みを詰めながら呟いた。

「ええ、うらうらと陽気のよい春でした。尾張の士朗さま卓池《たくち》さまもいらしっていて」

「六年も前のことだ。あれで旅心が兆したはよいが、思い切るまでには時日《ときひ》がかかった。だが、旅に出てよかったな」

「ええ」

梅夫は煙草の火を付けるのにちょいとぎやまん行灯の枠を持ちあげた。

「船にまでぎやまんを使われて豪儀なことですねえ」

「うむ、揺れるときはカンテラや紙行灯は危ないから、むしろ船で使う方が道理にかなっておるだろう。陸《おか》の家では飾り物で、見せびらかしとも思われかねん。だがこんな小部屋まである船は儂も初めてだ」

「菊也さまも船に乗られることがあるのでしょうね。お幾つぐらいの方かしら」

「さて、成美さんは一度江戸で会うたそうだが、年の頃までは聞かなんだ。何でも長崎の船が江戸表まで廻ることは滅多にないそうだ。まず難波止り、北は酒田港までも行くらしいが」

父娘が所在なく話しているうちにも、人声や物音は響いてきたが、そのうちわっというような声があがり、それから静かになった。

「ご免なされませ」

板戸であるから外は見えない。声がして多兵衛が顔を覗かせた。

「えらい粗忽なことで申しわけなかとです。嵐で何も彼も手順が狂うてしもうて、お客人をくんちの祭にお連れせえと親方の状にありましたに、どうにも間に合わんごつなりまして」

顔が汗ばんでいる。

「いやいや、私どもは明日を定めぬ気ままな行脚《あんぎや》の身、菊也さん、いや久松の親方のお志は有難いが、どうでも祭を見ねばならぬというわけではござらぬ。祭は難波でも見物できましてな。お気遣いなさらずとも」

「天満《てんま》祭や祇園《ぎおん》祭とは比べものになりまっせん。くんちは」

多兵衛は気負いこんで言い、はっと気付いたように苦笑した。

「乗組みの者どもが何としても三日の祭のしまい日にでも間に合わせたいとゆうとりますけに、風向きもようなってきましたばってん、何とかお上《のぼ》りまでには着きたいとおもうとります。ちいっと船が揺れるかも知れませんたい。なるべく楽にしてお過ごしなされませ」

「有難うぞんじます、船には馴れておりますゆえ」

そう言って浜藻は、あの、と声をひそめて厠《かわや》のことを聞いた。

厠は荷を積んだ間の狭い通路の先の場所にあるという。事のついでに浜藻は案内して貰った。

初めての長旅に出て気付いたことであったが、世の中はおなごの為には出来ていないと思う。

箱根の関所は言わずもがな、途次々々の宿も道中もおなごには不自由で気兼ねすることばかりである。

瀬戸内を船で通ったとき、往き来する大小の船で、船べりに尻を丸出しにした男を見掛けたものだった。陸路でも馬には乗れず、駕籠《かご》もよほど相手を見て選んで酒手《さかて》をはずまなければ、わざと揺らしてからかうのがいるという。幸い父親が一緒で何かと手配してくれたから、浜藻はここまで無事であったが。

久栄丸のような大きな船では、まさか船べりで尻を丸出しもならず長旅ではあり厠が設けられているだろう。暗闇で何も見えなかったが甕《かめ》のようなものの上に板を置いただけの簡便な厠で、四方が囲ってあるのは助かる。

多兵衛はカンテラを渡してくれた。ぎやまん行灯は常夜灯にしてかまわぬ、明け方船を出すので少々やかましいかも知れぬが、沖へ出てしまえば用はないからお世話も出来ようとまた慌しいのを詫びて去った。

「わたしも尼になれば楽でしたのに」

「そりゃあそうだが。仕方なかろう」

名主の妻の身で、町女房姿のままで長旅を思い立つさえ無謀なことであった。それには事情もあるのだが、人に告げることでもなく、よくまあ、と奇異のまなざしを向けられるのにも大分馴れたのではあった。

長旅で困るのは髪と鉄漿《かね》である。

大谷村にいても、小さな貧しい村の名主であればとても日髪日化粧とはいかず、ふだんは母の早代《さよ》と互いに結い合っているから、なんとか小さめの丸髷《まるまげ》は自分で結える。道中は専らお高祖頭巾を被り、成美に添状を貰った土地の宗匠に挨拶する折だけ髪結に行った。

お歯黒は染汁や道具を持ち歩くのが難儀なので諦めていた。泊り泊りの宿では借りて使うこともあった。が、次第に薄れてゆくときの口中はさわやかで、尼の剃髪と共にこんなもの無くて済めばいいと思う。人の妻であることの印しなのだが、できればその役さえも振り拂いたい浜藻だった。

五十嵐家の一人娘であってみれば、婿を取り後継を生まねばならぬ。家を出ることは出来ない。子を生まぬままに三十路の半ばを迎えて先行きのことが重く心にのしかかってもいる。しかし、この無謀な旅に出ることが出来たのも一人娘ゆえの我侭《わがまま》が通ったわけではある。ふた親には済まぬと思うけれども、五十嵐家九代を継いだ夫の伝兵衛義矩《よしのり》に、済まぬと思う心はないのだった。

「ここは蒸すな。夜具も要らぬほどだ」

浜藻の心情をよく判っている梅夫は、言葉には出さぬいたわりのまなざしで、ともかく寝《しん》につくことにしようと言った。

上り下りの足音やざわついていた物音もすっかり消えて、船は寝静まっている。

「ええ、明日はどんな景色がみられるでしょう。楽しみに夢をみます」

明日が楽しみ、というのは旅に出るまでこの十年来絶えてなかったことだった。


その明日は、晴れ渡った空といちめんの青い海と、風をはらんでうなる大きな帆であった。

「なんと」

「まあ」

寝ていた床ごと揺らぐような動きで、ああ船が出たのだと目覚めてから、暫らくのあいだ、人声と足音とぎりぎりがらがらと轆轤《ろくろ》を廻すらしい音がしていたが、

「上に出て見られませ」

多兵衛が顔を覗かせた。上ってもいいのですかと浜藻は喜んで、まだ眠たげな梅夫を急き立てて甲板に出たのだった。

東の空は綺麗なうすあかねに染まり、西の方はまだ暗みを残した灰紫の空、蒼黒い海、甲板の中ほどにそびえ立つような帆は、追風を受けて弓なりに反りかえり、船頭や水主《かこ》たちが慌しく何かしている。お高祖頭巾を飛ばしそうな風が心地よい。

「ええ風になりました」

辺りを眺めて言葉もない父娘に、多兵衛が顔いっぱい笑みを見せていう。船頭や水主が大声で何か言い交して笑っているのだが、風に飛ばされて、ごつ、かあ、とか、ばってんしか判らない。船の上では怒鳴るしかないのだ。何も話せなかったが、言葉にすることもない。この海の上に出ただけでも旅した甲斐があるというものだ。

梯子の穴の下の方から叫び声がし、誰かがおう、と答えて二、三人下りていった。やがて上ってきたのを見れば、諸蓋《もろぶた》に大きな握り飯が並んでいる。朝飯らしい。大きな薬罐《やかん》も上ってきた。一番あとから竹の皮らしきものを持って上ったのは、これまで見かけなかった男で、髪に白いものが混り、口を開くと二、三本歯もかけている。

「ええ日和で」

人の好さそうなくしゃっとした顔で、父娘に挨拶する。

「これは飯炊きの吾七どんで。元は腕のいい船頭じゃったに、怪我をしましてな。陸《おか》に上りたがらんよってに飯炊きをやって貰うてます」

多兵衛が親しみをこめて言う。よく見ると左手の指が欠けていた。

「ここでよかと?」

「あ、そうか。客人は下に運んだ方がよかかも知れん。どうなさいます」

父娘の朝飯も此処でよいのかと吾七は問いたのだろう。多兵衛に問われて、

「あ、此処で頂きましょう。海の上での飯の味は格別。な、浜藻」

「はい」

竹の皮に赤児の頭ほどもある握り飯と、香の物を添えて渡された。七分三分くらいの麦飯である。大薬鑵の渋茶は木の椀で飲むのであった。何かの箱の上に父娘は腰掛ける。

「大きな帆ですねえ」
十四、五人と見える水主たちが、それぞれ坐り場所を選んで握り飯を手にすると、浜藻は並んで腰をおろした多兵衛に言った。
「この帆は幅六十三尺、帆柱は九十尺、松右衛門帆と申しましてな、以前は厚い織布がのうて綿布を二枚合わせにして刺子帆《さしこほ》じゃったのです。弱うてよう破れたもんですが、播州の松右衛門という人がこの分厚い布を織り出しまして、えらい重宝しております。船も早う走りますしな」

多兵衛はまるで自分が作ったように誇らしげに帆を見上げた。

「ああ、もっと小ぶりの船では今も刺子帆を使うておりますな。ほら浜藻。木更津河岸に上ってくる房州からの船は刺子帆じゃないか。見たことがあろう」

梅夫が言う。

「そう言えば、江戸で見掛ける船の帆とは違いますねえ。今迄よく見もしませんでしたがほんとうに立派な帆」

久栄丸は八百石積ということだった。船に大きな舵があり、二人ほどは飯にもせず取り付いている。いずれ交替するのだろう。

何も彼も面白くて珍しくて浜藻は多兵衛を問い責めにした。全く物好きなおなごで、と梅夫は苦笑まじりに言い、そんなこと多兵衛さんはとっくにお判りですよ、女だてらに長旅をして船にも乗りこんだのですもの、と浜藻は切り返した。

多兵衛は笑って面倒がらずに懇切に教えてくれる。このお人も船が好きなのだと浜藻は思った。傍らで一緒に笑っている吾七も、大声で叫び合いながら飯を食っている水主たちもそうなのだ。

風は追い風、左手に遠く陸地が見え、やがて遠ざかる。船は精一杯速く進んでいるようだった。舵取りが交替し吾七が飯と茶を運ぶ。こちらを見て何か言って笑っている。と周りの水主たちも声を挙げて笑うのだ。

「弁天さまが乗られたけに、船が速う走るとゆうておるのですよ。媽祖《まそ》さまでのうて弁天さまだと」

「え」

「媽祖さまとゆうは、唐船の守り神でしてな。唐船には皆祀《まつ》ってあります。長崎へ入るとその守り神を寺へ運びます。その行列もにぎやかでして」

多兵衛の話はよく判らなかったが、ともかく浜藻の乗ったことが喜ばれている様子なので、おなごが船に乗るのを忌《い》む者もあると聞いていたから、ほっとしたものだった。

吾七の後片付けを手伝った。竹の皮も木椀も洗ってまた使うのだが、洗うのは桶に張った海水である。船では真水は貴重なので食物にしか使わないのだ。

飯炊き場は煙出しのついた竈《かまど》が据えてあり、土台は砕石と漆喰《しっくい》で固め鉄物《かなもの》の板で火を燃やせるようにうまく考えられている。大釜、大鍋、大薬罐に薪《たきぎ》と七輪と炭、大根や葱を入れた籠も漬物の壺もある。浜田港では干魚と柿を、下関では青物を積んだということで、夕餉には煮物も作るという。水甕が並んでいる。

「こんげん急《せ》からしか旅で無《の》うたら、魚釣って刺身が出来ように、ばってんその暇も無うて、何としてもくんちのお上《のぼ》りに間に合わせなあかんと気張ってはるもんで」

吾七の言葉もおよそ見当がついて、浜藻はいろいろと長崎のことを教えられた。

「お上り、ですか」

「諏訪住吉森崎三社の御神輿《おみこし》がお旅所に移られることをお下り、これがくんちですじゃ。十一日にはお旅所から本社へ戻られるをお上りとゆうて供の行列、踊りが従いますけん。ことしは西浜も踊り町で、六月朔日《ついたち》から小屋掛けして稽古しちょりましたわい」

「ま、六月から」

長崎には七十七町があり、それを七組に分けて七年ごとに踊り町の当番になる。吾七はオドッチョウと言うので、踊り町のことと浜藻が判るまでには時がかかった。

「あれほどくんち、くんちとゆうておるのがよう判った」

その夜引き取った小部屋で、梅夫が言う。梅夫が船の上ではあまり用のない多兵衛に同じような話を聞いてきたのだ。

「大層な祭りのようですねえ。久松のお家は西浜町でことし踊り町なのですって」

「それを言うならオドッチョウだぞ」

「そうでした。はじめ何のことか判らなくて」

「吾七さんはそうだろうな、多兵衛さんはこちらにも判ることばで話してくれるが」

「でも、長崎弁もなかなかよかよかとですよ」

「あっはっは。よかとか。よかよか」

「でも、備後《びんご》や周防のことばは似ていましたけれど、長崎弁はとんとちがいますねえ」

「ああ、あの辺りはどちらかというと京ことばに似て懇《ねん》ろじゃったな。やはり海ひとつ越すとことばも気風もまるきり変るのだろ」

父娘はそれぞれ別に聞いた話を付き合わせて、まだ見えぬ長崎の地をしのんだ。

「おまえ、躰は大事ないか。炊事場の手伝いで大分忙しうしておったようだが」

「ええ、大丈夫ですよ。手伝いといっても船では一人しか道具がつかえませんから、握り飯を少し手伝うたくらいで。一合をひとつに握るのだそうで力が入りましたけれど」

「一合のむすびか。嬰児《ややこ》の頭ほどもあったな」

言いさして梅夫はふっと黙りこんだ。浜藻に嬰児の話は辛かろうと思っているのだ。しかし浜藻には、そんな父親の気遣いの方がかえって辛いのである。

「あの夕焼けはみごとでしたねえ」

話の向きを変える。

「あ、あれは何とも、句に詠むどころか言葉では言い表わせぬ、大層な見ものだったな」

真赤な夕日が海に沈むときは、じゅっと音が聞えそうな気がしたものだ。空の色が金色に紅に茜に紫に灰にと移り、その空を映した海の上に夕日から金色の帯が投げかけられたように伸びていた。

冷飯に熱い汁をかけた夕食の頃には、また満天の星。あまりに光が青く白く突き刺さるようで、空怖ろしいほどであった。

翌る日は、吾七の手伝いをするほかは甲板に出ないようにした。秋とはいえ、遮るもののない天から照りつける太陽は汗ばむほどだったし、潮風は心地よいが肌がひりひりする。真水が大切なので、朝夕手桶一杯の湯を貰って手拭を浸し、顔や躰を拭くのがせいぜいであり、含嗽《うがい》もままならない。男ならともかくおなごは船の長旅はできぬとつくづく思う。

下関から長崎までは海路八十里という。それを二昼夜で走ろうというのである。風の助けがなければできないことだった。

父娘は狭い寝所で付合に遊ぶことにした。矢立と手帳は常に用意している。梅夫は合財袋から固く巻いた紙の束を取り出した。懐紙をきっちり筒状に丸めたものだ。道中紙が皺にならないよう考えたのである。

「さてと、海の上で発句を案ずるのは初めてだ。ううむ」

「景が大きすぎて、十七文字には納めきれぬような」

父娘でも付合をするとなれば連衆である。ぱっと気持が切り変るようになっていた。

「うむ、どうだ、これは」

梅夫が手帳に書いてみせた。

青北風《あおぎた》や玄界灘を一膀ぎ　　　　梅夫

「まあ、豪儀な発句でございます、頂きます」

「豪勢だろう」

梅夫はにこにこして、その句を懐紙に書き付けた。丸まっているので煙草盆で押さえている。

玄界灘は昨日通った。荒れの多い海だそうだが、その時は無数の波が騒立っていても船は揺れるほどでなく、白い水尾を曳いて気分よく進んでいた。暫くしてあれが壱岐《おき》と指されたあたり右手の方に、島影が浮き上るように見えたものだった。

「発句が青北風ですと、脇に月をださぬとなりませんね」

付合には式目というものがある。発句は当季、脇は発句と同季同場所ということになっている。秋の季は三句続けねばならぬ、秋のうち一句は月を詠むというのも式目で、また観音開きは忌むというのも約束事。発句が青北風の天象であるから、第三に月を詠むと天象の観音開きになってしまう。観音開きは打越ともいうが、それを忌むのは元に戻る気配になるからで、「歌仙は三十六歩也、一歩も退く事無し」と芭蕉翁の言葉にある通り、付合の運びが滞ることになる。

暫く考えてから、浜藻は筆を取った。

波間波間に千萬《ちよろづ》の月　　浜藻

ふだんは小短冊を用意して付句を描くのだが、旅の途次そんなものは持っていないから各々手帳に書いて相手に見せ、障りがないとしたら懐紙に写す。

よかろうと言って梅夫は脇を書き付けた。

かりがねに故郷《くに》への便り託さばや　　梅夫

梅夫の第三。発句と脇はその場の挨拶で、第三から本当の虚々実々の付合が始まる。だから末尾を韻字止めにしてはならないのも式目なのだ。

「ほんとに、雁が運んでくれたら。母さまが安心なされるのに」

遠く武蔵の大谷村を思いやる。

「なに、早代《さよ》はおっとりとしておるからそう案じてもおるまいよ。それに刈入れで村衆の世話を焼いておることだろう。何と行っても義矩《よしのり》は村うちにはまだ疎いからな」

「でも、ようまとめておりますよ。菜種にしても麻にしてもよく捌《さば》けて村衆に利が上ったのですから」

夫の義矩は算用に長けていて、水田の少ない大谷村に養蚕や麻、綿の栽培を広め、菜種油の搾り工房も栫《こしら》えたりして殖産にはげんでいる。そこのところは申し分ない婿だった。

「それは判っておるわ。でなければこう長旅を思い立つこともできまいが」

「ええ、ほんとに」

また締め直す草鞋《わんらじ》の紐　　浜藻

四句目からは平句《ひらく》といってごく軽くつくりなすところである。

馬子唄のよき節回し聞惚《ききほ》れて　　梅夫
風呂吹き大根もてなしの椀　　浜藻

船旅で吾七の手伝いをした。漬菜を刻んだり汁の実を揃えたりである。梅夫も運んで、客人に

そんなことをさせては、と多兵衛が恐縮する。少しは躰を動かしたいのだと言って、

「やっぱり上に出ると気分がよろしい」

「ほんとに」

一日中は御免蒙るが、青海原と白い波と潮風は病みつきになりそうだった。水主たちも別に言葉は交わさないながら一人ひとりの容子が判るようになった。

中に格別背の高いのが居る。六尺二、三寸もあろうか、色黒で目玉がぎょろりと大きい。どうやら一番下ッぱらしくあれこれと指図されているし、飯を食うときも少し皆と離れて海の方をむいている。色の黒いのはどの水主もそうだが、赤胴色という通り少し赤味を帯びた黒さなのに、その男は地が黒いようだった。それに声を聞いたことがない。

「あれは怪しいな」

下の部屋におりてから、背の高い水主がいると話すと梅夫も首をかしげる。

「怪しいって、何が？」

「阿蘭陀《おらんだ》船では下男に蕃人を使うと聞いたことがある。もしかするとだな、あれはあいの子じゃあないかな」

「そんな。ご法度もあるでしょうに」

「うむ。よくわからんな」

そんな話もしながら父娘は夜中までに半歌仙を巻き終えた。

「では披講を」

青北風や玄界灘を一膀ぎ　梅夫
　波間々々に千萬の月　浜藻
かりがねに故郷《くに》への便り託さばや　夫
　また締め直す草鞋《わんらじ》の紐　藻
馬子唄のよき節廻し聞惚《ききほ》れて　夫
　風呂吹き大根もてなしの椀　藻

裏

生一本熱燗にして囲炉裏端　夫
　翁媼の泣き語りする　藻
小屋掛けの外題壺坂霊験記　夫
　早桃《さもも》の枝を手折しは誰《た》ぞ　藻
長梅雨に藍の浴衣を仕立て上げ　藻
　銀の値《あたい》の定まらぬ頃　夫
うそ〳〵と騙《かた》り取つたる五十両　藻
　心の隅に刺さる凍て月　夫

出合《であい》しは遊行聖《ゆぎょうひじり》に在《おは》します　藻
駒《こま》牽《ひ》き出《いだ》す野はうららかに　夫
遠目には雲と粉ふか花の山　藻
右も左も囀《さへず》りの中　夫

「月がどちらも短句になったのが難ですねえ」

「そうだな。ま、仕方あるまい。いずれ折を見て歌仙に仕立てようか。名残折に長句の月を出せばよろしかろ」

「はい。虫や魚が出てませんし、半歌仙ではやはり物足りない気がいたしますね」

春夏秋冬、雪月花、山川草木、鳥獣虫魚、神祇釈教、恋病無常飲食などと、三十六行に詠みこむべきものが三十六あるのだった。半分ではどうしても足りない。

両吟歌仙のときは初折と名残折で長短句を代って詠むのであるが、半歌仙なので途中で入れ代ったのが、代ったとも見えないのはやはり父娘だからであろうか。付合という遊びを共にすることで、こんな所在ない時間も退屈せずに済むけれども、付合は見も知らぬ人や肌合いも境遇も全く異なる人とするのが面白いと浜藻は思う。

思いがけない付句に出合うと胸がときめくのである。そして、座では妻とか夫とか金持とか年の差とか、浮世での役割をみな忘れてひとりのにんげんとして付き合うことができる。付合を身につけたおかげで何処の土地へ行き何人《なんびと》と会おうとも気おくれすることはないし、すぐ他人と親しめるようになった。ほんとうに付合を知ってよかった、としみじみ思う浜藻であった。

九月十一日の明け方、部屋の外が騒がしくなり、戸を開けると何やら大声が聞える。何だ、何だと言いながら父娘が起き上って上に行った。船の暮しも三日めになるとさすがに飽きてくる。何より湯が使えぬのがかなしい。小さくまとめた丸髷もぐらぐらしているし、顔の肌に何か一枚皮が貼りついたような気がする。船の中では手許が危ないので眉を剃っていないし、鉄漿はすっかり落ちた。梅夫も顎にもしょもしょと髭が生えているのだが、男は気楽なものである。船の水主たちは皆髭もじゃなのは致し方ないことだろう。

「ほどなく長崎に着くらしい。何とかという島や岬が遠くに見えた。港に入る前に帆をおろすから上に出るようにということだった。今朝は飯はぬきのようだ」

「そうですか。それなら真水はもう要りませんね。貰ってきて少しは身仕舞しませんと」

「船の暮しがどんなものか、菊也さんはよう判っておりなさるだろうよ。気にすることはない」

「男衆は気楽ですねえ」

それから暫くして船はぎしぎしと軋み、天井といっても船の甲板になっているあたりがもの凄い音を立てた。轆轤《ろくろ》が廻っている。あの大きな帆を畳むのは大仕事であるのは判っている。精一杯身仕舞をして荷もまとめたところで、

「間もなく長崎ですよ、上ってごらんになりませんか」

多兵衛が顔を出した。髪がそそけ立ち、頬から顎へかけて髭が濃くのびているのは同じであった。

遠近《おちこち》に大小の島影が見え、陸地らしい海へ張り出した山は九月も半ばというのに紅葉黄葉は見えず、あおぐろいような森がこんもりとしている。その向こうにも少し霞んで長く伸びた陸地が海へ突き出ている。どこにも港らしいものは見えない。あの遠い岬をめぐるのだろうか。

大きな帆は畳まれて太い帆柱だけが綱を巻きつけて立っており、船尾に小さな帆が立てられていた。どこにあったのか二本の太櫓《ふとろ》が両側へ突き出されて青い波を二人ずつで搔いている。

速度を落しながら船はゆっくりと岬の鼻を曲がってゆく。

「おおっ」

「まあ」

父娘は同時に声を挙げた。手前の岬を曲がると海はきれこんでいて、まず目に入ったものは魂《たま》消《げ》るほどの巨船であった。帆柱が何本もそびえ立ち、三色に染めた旗が翩翻《へんぽん》とはためいている。黒い船体に奇抜な色と飾りがついて煙出しもある。

「あれが阿蘭陀船か」

「ほんとに立派な」

巨船なので一番沖合に錨《いかり》をおろしているのだろう。その船の先も船、船、船であった。鮮やかな飾りの派手々々しいのが奥に二隻あるのは、旗印からして唐の船だろう。数え切れないほどの和船は白、黒、紺の旗印でまるで巨船の従者のように見えた。

「この船々を見ただけでも長崎に来た甲斐があるというものだ」

梅夫は満足気だった。

海はずっと奥まで切れこんでいるらしい。漸《ようや》く町並が見えた。後ろはさして高くはないが山が連なっていて、いま廻ってきた岬はそれ自体船の舳先《へさき》のようにも見えた。

久栄丸は左右の岸に繋がれた船のあいだをゆっくりと入ってゆく。川のように両岸が迫っている入江である。

久栄丸の停泊場所は空けてあったらしく、焦れったいほどじりじりと進みながら、船は岸に寄っていった。そこからは艀《はしけ》に乗るのだと多兵衛が言った。

「あら」

裁着袴《たつつけばかま》を穿くのを忘れていた浜藻は、慌てて下に下りる。隅田川の小舟では小袖のままで平気だったが、艀に乗るなら渡り板でなくて梯子なのだ。

——まったくおなごはおおごと。

胸のうちで呟きながら、弱気は見せずに縄梯子を伝い下り、先に下りて梯子を支えていた父親の手にしっかり摑まえられる。艀は続いて何艘も来たので、最初のは父娘と多兵衛と荷物だけであった。

艀から仰ぎ見る阿蘭陀船はいっそう巨大であった。龍や虎を舳に飾った唐船も過ぎ、揺れている数多い和船の間を縫って進むうちに、波の響きと潮風が染みついた耳にかすかに聞き馴れぬ音曲が聞えてきた。

「おう、やっておる。コッコデショだな」

多兵衛がひとり言にしては大きな声で言った。顔がいきいきしている。

「え、何ですか」

「あ、お旅所の前で踊っておるのですよ。ほら聞えましょう。あれはコッコデショといって樺島《かばしま》町が出す踊りです。この分では西浜はもう諏訪へ上ったかな」

多兵衛は気もそぞろな案配で、父娘が何のことか判らぬのにも気付いていない。

艀の船頭はずいぶんな年齢《とし》と見えたが、必死に漕いでいて少しずつ岸に寄っていき、やがて海に注ぐ川の入口に来た。

「何とも深い入江だな」

「ええ、ずいぶん切れこんでいますねえ、両方の岬がまるで船の舳のような」

五月の末に在所を出てから、諸国の港もさまざま眼にしたが長崎の港は格別に珍しい景色だった。眼を遊ばせていると音曲の響きが高くなり、別な囃子《はやし》も混っているようだし、人声もわあわあと聞えてくる。水の上には音がよく渡るからであろう。

錨をおろした船の中でもひときわ大きなのが眼前に迫って来、見ると船腹に「松栄丸」とある。

多兵衛が誇らしげに、

「あれも久松の船です」

と言うと、

「ああ、久栄丸と兄弟だな」

梅夫が笑う。

「さよで。ばってん松栄丸は弟でも千石船です。船は後から生れた方が大きく育つのですな」

多兵衛も顔を見合わせて笑う。その大きな船をめぐって船が進むと桟橋が見えてきた。

「着きました」

河岸には大小の蔵が立ちならび、その向こうは立木のこんもりした森もあり、音曲が少し遠くなった。何人かの人影が現われて艀を待つ風情である。浜藻たちの艀のあとにもう艀を接するようにして久栄丸からの艀が続いている。

船から纜綱《ともづな》が投げられ、声を掛け合いながら艀がつながれて多兵衛に手を取られ、浜藻は桟橋へ上った。

揺れていない、と思ったとたん躰の方が揺れてふらりと其処へ倒れこみそうになった。

「おっ、危ねえ」

周りの者が声を上げ、多兵衛が抱きかかえるように支えてくれた。大事ありませんかと気遣いながらも、

「ようあることで。船で幾日も過すと躰が揺れに馴れておりますからな。揺れない土の上がかえ

って拍子が取れずになります」

「ええ、揺れていない、と思ったらこちらが揺れて」

気を取り直して父親を見ると、これも何だか心許ない面もちで一歩一歩踏みしめている。丸三日ぶりの土の上であった。

桟橋が人で溢れ、時化がどうかと話しているのを後に、多兵衛に導かれて着いたのは蔵と納屋らしい建物の奥にある立派な二階建の屋敷であった。屋根も瓦で葺いてある。

裏口で申し訳ないが、と案内されたのは片側が広い勝手先で女子衆が何人も立ち働いており、竈の火の熱がむんむんしている。

「これは、まあ、えらい卒爾なことでござりまして」

板敷の間の奥から、大丸髷に晴着姿の女房が出て来て、五十嵐さまでござりますね、と膝をついた。小柄なふっくらした丸顔の年の頃は浜藻と同じくらいに見える。

眉を剃らず、口元からは白歯がこぼれるが女あるじなのだろう。浜藻はにわかに黒八丈の紬に裁着袴という自分の身なりが恥しくなった。

「五十嵐伝兵衛でござります。これは娘の茂代。このたびはえらいご厄介をお掛けいたします」

「あの、いえ、やどはいま表に詰めておりまして、呼びにやらせましたが、ともかくもお上りなされませ」

見苦しいなりをしておりまして、と言おうと思ったが、船旅と判っていれば常日頃の身仕舞のならぬことは、廻船業の家の女あるじであれば承知のうえであろう。

濯ぎをとらせて貰って奥へ入った。

部屋数の多い家らしいが、勝手元の賑やかさに比べて座敷に人気《ひとけ》無いのは、皆祭見物に出払っているからだろうか。裁着袴とお高祖頭巾を脱いでいくらか身仕舞したところへ、膳を運ばせて女あるじがやって来た。

「さぞおくたびれでござりましょう。まず茶漬けなどお召し下さりませ。いま湯を立てさせておりますゆえ」

言葉遣いのうつくしいひとである。

「お手数おかけいたします。祭の最中で何かとお忙しいところを相済まぬことで」

「いえ、やどの話ではくんちに間に合うはずのところでござりましたに、何でも時ならぬ嵐に遇うたとか。口惜《くちお》しいことでござります。お上りまでにはまだ時もござりますけえ見物にご案内致させましょう」

あの、と浜藻は遠慮がちに、

「私どもの荷は届いておりますでしょうか。着替えがそれに」

女あるじの晴着ほどではないが、見苦しくない江戸小紋の着物が入れてあるのだ。

「あれ、気が利かぬことでござりました。多兵衛どんに聞いてみましょう程に、どうぞご膳を召しませ」

膳は飯と汁と香の物である。のちに知ったことだったが、この地ではどんな富裕な家も朝飯は茶漬と決まったものなのだそうであった。

給仕に残った四十がらみの女に、

「あのお方がおかみさんだろうね」

梅夫が聞いている。

「へえ、お方《かた》っつあまで。お佐太《さた》さまともうされます」

客馴れした様子で熱い茶をかけてくれる。

「勝手元がお忙しそうでしたのに、済みませんね。お手間をとらせて」

「へえ、昼どきには何十人もの膳を揃えますよってに女子衆は戦さのようなものでござります」

「まあ、何十人も」

「船乗衆ばっかりでも二十何人ですけに」

「ああ、そうでしょうね。ほんとに女子衆は大ごとで、祭見物もできませんねえ」

「ばってん、若い娘は代りばんこに行かせておりますごつ、うちらはもう。あ、風呂を立てましたけに、ご膳済みなさったらご案内いたします」

熱い番茶を掛けて刻み新香を混ぜた茶漬はうまかった。

おきねと名を言った婢《はしため》は、久松家に勤めて十七年になるそうであった。女にしては背の高い方で平たい顔にくりっとした大きな眼で、悪く言えば団栗眼《どんぐりまなこ》であるが愛敬に見えなくもない。眉も剃らず白歯のところは女あるじと同じで、一度も嫁にゆかなかったのか、あるいは長崎では鉄漿を付けない習わしなのだろうか、と浜藻は思った。

「こちらのお身内の方は、あの、御子たちは皆お出かけなのですか」

久松家の内情なぞまるで知らずに来たのだった。俳諧師の旅はそんなものだ。

「こちらの隠居所は旦那さまとお方っつあまのお二人だけでござります。母屋の方には殿さまと奥さま、御子がお二人、まだお小さくていらっしゃいますが」

えっ、と父娘は同時に声をあげた。

「このお屋敷が隠居所ですか」

「さようでござります。本家はあちらの蔵の向うで」

ほう、と梅夫は嘆声をあげて、

「それはまた豪儀なお住まいですな。ずいぶんと広い地所をお持ちだ」

「へえ、千三百坪ですよ」

「大したものだなあ」

おきねは嬉しそうに笑って、祭見物の前に本家の庭飾りを見て頂きましょう、見事なもので江戸への土産話になりましょうと言う。

庭飾りとは、くんちの前日から屋敷の表裏を開け放ち、家財調度のよりすぐった品を並べて町衆の見物に供するのだそうだ。

「家の宝も並べますんで、見張りも大ごとで不寝番が付きます」

「どこのお家もそうなさるのですか」

躍り町、オドッチョウに当った町の名家がそれをするのだ。久松の庭飾りは殊にも評判だから、母屋の方はくんちの間中多勢の人がやってくる。旦那さまは、つまり父娘が目当てにしてきた菊也のことであるが、客の相手にそちらへ詰めているのだった。

旦那さま夫婦にはお子がなく、母屋の殿さまは養子で、それも長崎の町年寄の中では一番格の高い後藤家から迎えた。それまではあるじのことを旦那さまと呼び慣わしていたのだが、後藤家では殿さまと崇めているのでそう呼ぶように命じられた、とおきねは少し本意なさそうに言う。

「いろいろ教えて下すって助かりました。おきねさんに聞いていなければ何か失礼したかも知れませんもの」

膳を下げようとするおきねへ、浜藻はそっと心付けを渡した。久松家の内情に詳しく、女中頭とみえるおきねとは仲良くしておきたかったのだ。

湯殿は檜造りの立派なもので、ふだん通り烏の行水の梅夫のあとに入って、湯船に凝り固まった四肢をゆったり浸した浜藻は、ほうっと大きな吐息をした。風呂につかるよろこびも家に居ては気付かない。顔を洗う、含嗽《うがい》をする、湯に入る、そんな何でもないことのありがたさを知るのは旅のおかげ、不自由を味わってこそ日頃の暮しの仕合せが判るというものだ。

祭見物に行かねばならぬから、髪を洗って乾かす暇はないだろう。湯殿に入る前に、おきねは向いの小部屋を開けて、ここに鏡台がありますから、と行き届いた手配だった。荷物も運ばれてきたので、身仕舞は何とかなりそうだった。

それにしても、乾いた糸瓜《へちま》の殻で四日ぶりの肩や背をこすりながら、浜藻は思った。

——この大きな屋敷が隠居所だなんて。それに先ほど挨拶しただけではあるものの、女あるじ、お佐太さまという人は三十路半ばくらいに見えたのに、旦那さま、菊也さんとはずいぶん年が離れておいでなのかしら。夫婦《めおと》といってもさまざまなことだけれど。

随斎成美の添状を持って訪れた諸国の俳諧衆は成美と交際があるほどだからいずれも庄屋か富商か寺の住職、医者という案配で貧しい者はいなかったにしろ、この久松家は別格のようだった。何しろ本家のあるじは殿様と呼ばれているのだから。

大谷村の名主とはいえ、わずか二十五戸の小邑で富裕なわけではない。雇人もふだんはばあやと小女と下男ひとり、事あるときには村中が手助けに来てくれるからそれで間に合っているのだ。久松家では、夫婦二人というのに、ちらと見ただけでも台所働きが十人ばかりもいて、番頭の多兵衛以下手代、小僧に船頭に水主、これほどの広大な敷地なら庭仕事も五、六人は年中かかっているかも知れない。江戸なら御家人どころか旗本くらいの格式に見える。

湯から上って小部屋に入った。漆塗りの鏡台には櫛が何通りも揃えてあり、ぎやまんの瓶が置かれて糸瓜水と札《ふだ》が貼ってある。糸瓜の水を採って化粧下に使うのは江戸も長崎も同じらしい。潮風でひりひりした肌に糸瓜水は爽やかで心地よい。何やら花の香もする。

元結を解いて髪も結い直す。髱《かもじ》がないのでおきねみたような引っつめた髷になったが、船では付けなかった蒔絵の櫛を挿し、珊瑚の簪《かんざし》を付けると何とか恰好がつく。鶯色の地に草花模様を散らした江戸小紋が一枚きりの晴着である。帯は片側が黒繻子《しゅす》、片側が綴れで一本で間に合うよう作ってあるのだ。

きちんと身なりを調えると、気持もしゃんとした。

――わたしは女俳諧師。俳諧衆の付き合いは浮世の外のこと。貧富も身分も、男、女も連衆となれば一切関わりはないもの。このお家がどんなご大家であろうと殿さまであろうと、連衆として堂々と向き合えばよい。

心の中でたしかめていると、おきねの声がした。御免下さりませと障子を開ける。

「いいお湯を頂きました。ごちそうさま」

立ち上った浜藻を見て、おきねはまあ、というふうに目を瞠った。

「旦那さまがお戻りでござります。あの、洗濯ものがござりましたらうちが」

「あら、いいえ、肌のものは自分で洗います。父のもありますし。明日あたり盥《たらい》をお借りして」

「そんげんお気遣いなさらずとも、女手は揃っておりますけに」

浜藻は笑って洗い物を包んだ風呂敷は渡さなかった。自宅でも身につけるものは自分で洗っていたのだ。

このような雇人の多いお屋敷に寄留していたら、客の身であって洗い物や炊事をしたいというのは我ままなのかも知れない。父との約束では、こちらから出す飛脚便が戻ってくるまで長崎に滞在するはずであった。このお屋敷ではその間の暮しがかえって不自由ではないか。

後で父と相談してみようと思いながら向った屋敷には、紋付羽織袴の男と、先ほどの女あるじが父と対座して語らっていた。

其の二　柘榴《ざくろ》膾《なます》

一家の女あるじは、まず朝火を焚きつけるのだ、というのが母の早代の持論で、小女もばあやもいるのに真先に起きて竈《かまど》の下に火を焚く。六つになった正月から浜藻も一緒に起された。竈の横には乾いた杉葉、小枝、薪が積んであり、まず杉葉に火鉢の埋火から付木に移した火をつけ、わっと燃えあがるのへ小枝を乗せ、薪を組む。その作業は面白くてだだっ広い勝手の間に、たちまち流れる火と煙の匂いも快く、早起きは苦にならなかった。

三十年がほど身についたならわしは、何時何処《いつどこ》へ行っても躰が明六つを知らせる。けれども、浜藻の知っている明六つは武蔵の国のものである。旅をして西に下るに従って夜明けは遅くなる。周防では半刻ほども目覚めと明六つの鐘のあいだが違っていた。

まして此処は日の本の西の果長崎。目覚めてもあたりは真暗で何の物音もしない。十畳ほどの座敷に少し離れて床をとった父親は、したたか馳走になった酒のせいか、寝入りばなは耳障りなほど荒い息だったが、今はすっかり穏やかになってかすかにすうすうと息をするのが聞える。

——女あるじとはいえ、まさかお佐太さまは朝火なぞ焚かれはしないでしょう。

そんなことを思いながら、浜藻は目くるめくようだった昨日一日を振り返ってみる。

久松家のあるじは名告りを善兵衛定寿というのだそうだが、おもいがけずまだ壮年の、どちらかと言えば優男に見えるひとであった。

隠居した今は通称の熊十郎で呼ばれているが、五十嵐父娘には俳号の菊也と呼んでくれと言った。陽灼けはしているものの細面の痩せ型で、鼻筋が通り切れ長の眼は誰か江戸で観た役者に似ていると浜藻は思った。

年齢《とし》を聞けば何と浜藻と同い年であった。

「ずいぶんお若くて隠居なさいましたのですね」

物怖じしない浜藻は直截に言ったが、菊也は笑って、

「いや、それが……」

子が無くて養子を迎えた。町年寄の役は世襲で後嗣が二十歳になると見習として出仕する。一年経つと正式に町年寄となり、親は隠居することになる。後藤家から迎えた養子が年がいっていたからすぐ見習となり、去年正式の後嗣となった。

自分の父親の善右衛門も菊也が二十歳になった年見習となったため、翌年三十九歳で隠居した。四十九の厄年に風邪が元で亡くなったという。

「町年寄というは、これがなかなかのお勤めでしてな。若う無《の》うては躰が持ちません。まあ儂は

少々早過ぎたが、おかげで家業の廻船問屋も繁昌させたし、こうして風流の客を迎えて俳諧に遊ぶことも出来ようというわけで」

「それは、よかですな」

梅夫がすかさず言ったので皆笑った。

「船の中でこれと半歌仙巻きましてな」

「ほう」

梅夫が差し出した懐紙を手にした菊也は、

「青北風や玄界灘を一膀ぎ、いやこれはまた大きな起句《たてく》。波間々々に千萬の月。浜藻さんの脇も景が発句に添うて海が生きとるごとある。船にお乗せしてかえって気の毒したと思うとったごつ。無駄にはなりませなんだ。よかよか」

菊也は声をあげて読み、傍らのお佐太へ、

「流石《さすが》江戸の俳諧師、おまえも後学のために写させて貰うとよか」

懐紙を渡した。はあと押し戴くように受け取ったお佐太の、口数の少ないのが気になった浜藻は、

「お佐太さまは、旦那さまと付合を楽しまれることもございましょう」

と問いかけてみた。

「いやあいやあ、これは儂が隠居してから手ほどき始めたばっかりで、まあだ式目もよう覚えち

ょらんごとある。よい折じゃによって、浜藻さんに教えて貰うのがよか。浜藻さんお頼みしますぞ」

答えたのはやはり菊也で、お佐太は頷いて辞儀をするだけである。どうも客の間では妻は口出ししない家風であるらしかった。

早速に連衆を集めて一度興行を案配しようと菊也が言っているところに、おきねと小女が茶菓を運んできた。

膳の上の菓子盆に父娘は目を瞠った。ひといろではない。鮮やかな黄の切り口をみせたかすてら、ほの赤い桃のかたちをした饅頭、海老の形のは有平糖《アルヘイとう》であろうか。鶴の姿を抜いた打菓子もある。思わず呟いた。

「まあ、綺麗な」

「これはくんちの決り菓子でございります。かすてらは五三焼と申しまして、かすてらの中でも上の物、桃饅頭は西王母《さいおうぼ》の故事に因みまして長寿の祝いと申します。江戸のお方のお口にあいますかどうか」

お佐太がすずやかに述べて菓子皿をすすめる。菓子はおなごの領分だからであろうか、別に遠慮して口を利かなかったわけではないのだ。浜藻はほっとして、

「お珍しいものを見せて頂きまして。口福の前に眼福も味わう仕合せ、ありがとうございます」

梅夫も一切れかすてらを皿にとって味わい、

「ほう、かすてらは江戸でも随斎どのに頂いたことがありますが、これはまた格別の味わいですな」

感嘆している。浜藻も一口味わってみると、まったりして甘い。

「五三焼とゆうは卵の白身を減らして黄身ばかりを使い、砂糖も多くして焼き上げたものでござります。かすてらにも上中下がござりますが、五三焼は上の上と申しております」

おきねが口を出す。

「ああ、もうよか。自慢話に聞えようが。それでは儂は母屋の方で接待せねばならんよって、あとは多兵衛に祭案内するよう申し聞かせてありますごつ、ごゆるりと」

またのちほど、と言って立って行った。今年は踊り町なので近隣の町や村からの知人親戚、役所や目付屋敷の役人など数多く招いているのだそうであった。押かけてくるのもいる。くんちの名の如く九日は火事場のような忙しさだが、今日で終りなので客は少ない。

躍り町は七年ごとに廻るから、七年ぶりに会う知人もいて三日居続けだという。

「お忙しいときにお邪魔して申しわけない」

父娘がまた揃って頭を下げる。妻女もおきねも慌てて手を振った。

「いえいえ、初日に船が間に合わずで申しわけないのはこちらでござります。客の多いのは家が繁昌のしるし、ことに遠来のお客さまは嬉しいのでござります」

隠居してからは以前より気楽になったので、遠慮や辞儀はなしにして欲しい、と、お佐太は無口どころではなかった。

多兵衛がやって来て諏訪さまへ案内するという。神社の境内の広場で踊り納めをし、お上りの神輿が長い石段を駈け上ってくるのは見ものだそうであった。

では、と梅夫が立ち、浜藻も立とうとすると、お佐太もおきねも多兵衛も、あ、という顔をした。

「あ、あの浜藻さまは」

押し止めようとする。

「おなご衆はおなご衆でまたご相談ねがいます」

そう言って多兵衛は梅夫を促して出ていってしまった。審《いぶ》かしげな顔をしたのだろう、お佐太とおきねが交々話すのにこの日は久松家の桟敷に船乗り達が集まるので、女子は居辛いだろうということであった。一昨日、昨日、と女子衆の桟敷見物は終ったのであるらしい。

「もういちんち早う船が入っちょるとよかごつありましたに」

おきねが女あるじに言い、

「ほん、口惜しかごつ」

お佐太もおきねとは気易く土地ことばで話している。

「昨日でしたらば、庭先廻りと申して、全部の出し物がそこの庭先で見物できましたのに」

くんちの初日は諏訪神社奉納から始まって辻々を廻り、中日の昨日は町年寄や乙名《おとな》の家々の庭を廻る。だからお佐太のような大家の奥さまは居ながらにして祭見物ができるというわけだ。

「まあ、左様でございますか。よう考えられてあるならわしでござりますねえ」

近隣の女たちや年寄は皆、それぞれ近くの大家に寄せて貰って一日楽しむことができるのだから、町筋へ出るのは他国者や船頭、水主、漁師など荒くれが多い。終りの今日はお旅所から踊りが始まり、辻々を廻りながらお諏訪さまへ上って納める。

「お旅所の前なら、近うはあるし、さほど危うくはないやも知れませぬ。おきね、ご案内してくれでないか」

はあ、とおきねはためらい勝ちに頷いた。

浜藻は履物も借りねばならなかった。船では草履で、下駄はもう痛んでいたから防府で捨てて新調するつもりだったのである。

祭のあいだだけ手伝いに雇った近在の村の者もいて、おきねは手の空いた者五、六人も連れ立って案内することになった。十二、三の小女もいれば白髪のまじった五十年配の女もいて、誰も鉄漿は付けていない。

屋敷の表側はおどろくほど広かった。蔵と植込みを隔てて軒下に幔幕《まんまく》を張った母屋は、ほんとうに大名屋敷に見紛う立派な構えで、広い前庭に面して開け放ってあった。法被の男たちや紋服の人々が入り混って見える。

「庭飾りも見て頂かなくてはなりませんが、戻られましてから」

「ええ、船の中で少しは聞いておりますが、他国にはない珍しい習慣《ならわし》ですねえ」

門には葉つきの青竹が注連《しめ》を張って立ててあり、一歩出ると広い通りの目の前が橋であった。石の橋である。

潮の匂いがし、朝がた下りた久栄丸や艀や幟を立てた舟が数多く並んでいる。耳には囃子のひびきとわあわあという喚声。町筋の家々は皆青竹を立て軒に幔幕を張っている。

空は明るく日射しが暑いくらいに照りつけて眩しいが、海から首をめぐらすと近々と蒼緑の樹々がこんもり茂る山が迫っていた。

石の橋を渡り、少し歩いていよいよ音曲の高鳴る小さな掘割の上の木橋を渡ると、長い塀があり、これが西の御役所だという。左手はもう海の岸を弓なりに曲ると、見馴れぬ高い建物が向うに見えた。

「出島でござります」

「あ、あれが」

音に聞く和蘭陀屋敷なのだった。赤と白と青に染め分けた旗が風にはためいている。よく見る間もなくひとだかりしたお旅所に着いた。

里山のような人だかりの頭越しに、素木造《しらきづくり》のお旅所と、三基の神輿の屋根だけがやっと見えた。目を瞠ったのは人だかりを見おろすように三段になった桟敷が組まれていて此方側は南蛮人、向うは唐人の異様な衣装がぱっと目に飛びこんできたからだった。

「今年は南蛮桟敷も唐人桟敷も出ておりますなあ」

おきねが耳もとで言い、此処では何も見えないが少々お待ちを、と囁いてから、すたすた南蛮桟敷の横に立つ役人らしい者の傍へ行った。ほんの少しだがその桟敷の横は空いているのである。おきねは番人の役人と知り合いのようだった。

「久松の家の者なら、と申しております。ほんの一筋通らせて貰います。さあこちらへ」

番人が人ひとり分桟敷寄りに位置を変えて通してくれたのであった。町年寄の威はこんなところまで通用するのだと思いながら、浜藻は背の低い者を前に歩かせてやった。浜藻は女にしては上背のある方だが、おきねも同じ位の背丈である。漸く全景が見えた。

丈の高い白い幟が三本風にはためいており、三基の美しい飾りつきの神輿、供物、水干姿の神職、紋付羽織袴の男たちがお旅所に上っていて、その前に大釜がすえられている。

縄を張って真中を空けた広場に、わあっという声とヤッセヤッセという掛け声と共に、飾りを付けた鉾が踊りながら入って来、その後から法被姿の男たちに担がれた船がやってくる。

「麴屋町の川船でござります」

おきねが耳もとに口を寄せて言う。なるほど鉾の四方に垂れたびろうどに麴屋町と縫繡《ぬいど》りがあり金糸銀糸で飾られ、上には俵編みをぐるりと廻し、白砂を敷いた中に、松や注連や恵比須が乗っている。垂れの中に隠れて持ち手は足しか見えない。

それは傘鉾といい、各町内毎に趣向を凝らしたもので、心棒を通した中には鈴や重さの釣合のために文銭を三十文ばかりも巻き付けてあるとは、帰宅してから聞いたことだった。傘鉾がひとしきり踊り廻ると川船がなだれこむように広場に入り、船べりで手踊りしているのは皆十歳にも満たないような可愛らしい子供たちであった。鉢巻には法被褌の子らの囃子に合わせた踊りが止むと一段高い船べりにひとり立った子が、エイヤッと網を投げた。小さな腕に持て余すような網がきれいに広がって、おもむろに引きあげるのを見れば何時の間に工夫したのか鮒や鯉が捉えられている。実際の魚よりよほど大きな張子の魚であるらしい。大漁大漁と囃子の音が高鳴り、ヤッセヤッセと川船が勢いよく廻り出す、押し倒されそうになって人垣がどよめく。ぐるぐる廻り終えると人垣からいっせいに、

「モッチコーイ、モッチコーイ」

と声が投げられる。

「ショモウヤレー、ショモウヤレー」

というのも聞える。もう一度所望するということらしく、また子供らの手踊りが始まった。見事な川船である。浜藻は息を呑んで見物していた。すぐ横の桟敷には初めて見る紅毛人の群、向いの桟敷には唐服の唐人、鉾も川船もさることながら、子供らの手踊り囃子と網を投げる子の気張った様子が、涙ぐましいほど可愛いらしい。

和蘭人は菅笠の端が反り返ったような羅紗で出来た帽子、真横にいるので顔はしかとは見えないが髪も髭も赤茶けている。日の本でなら巨人というような大きな躰で、見物衆と一緒に手を打

っているのが何だか可笑しい。

唐人桟敷も皆帽子をかむっているが、こちらは鍔のないぴったりした布帽だった。長い髯を生やし、筒袖のきらびやかな唐服であった。

見廻しているうちに、また男の子が網を投げる。大漁大漁と囃したてたとたんに船が廻り出す。勢いをつけてぐるぐる廻るのが広場を狭しと見物衆へ迫ってくる。

ヤッセーヤッセーと掛け声が高まる中、弾みのついた船が急にこちらへ押し寄せてきた。危ない、と思う間もなく見物人がどっと後しざりする。

「あれえっ」

悲鳴のような叫びが上って誰か倒れたと思ったらおきねだった。突っころばされて桟敷の柱に打《ぶ》つかったようだ。倒れたまま起きあがれないでいるが、浜藻も人に押されて身動きがとれず、番人は人を押し返すのに懸命でおきねに気付かない。

「誰か、助けて」

浜藻は声をあげたが聞くものあればこそ、喚声の渦巻に声など消された。

そのとき、群衆の中からぐいと抜け出して駈けつけ、おきねを抱きあげた大男がいる。総髪に印半纏の大男はおきねを抱えあげたまま後ろの植込の方へ走り出した。浜藻も漸く抜け出て追いついてみると、大男は船で顔見知りの水主である。

おきねはいっとき気を失ったようだった。浜藻や女子衆が駈け寄って、おきねさんおきねさん

と声をかけると、ふっと薄眼を開け、定まらない眼つきでぼんやりしていたが、はっと大男の顔に目をあてると、

「止めて、放して、いややあ」

と怯えたあられもない声をあげた。

「おきねさん、大丈夫ですよ。このおひとが助け出して下さったんですよ」

呼びかける浜藻のことばも耳に入らないふうで、いややいややと身悶えする。大男は何も言わずにおきねを草むらに横たえて立ち去ろうとした。おきねは立とうとして腰が抜けたように、へなへなと崩折れる。女子衆が取り囲んで口々に何か言いかけるのに返辞もしない。

浜藻は帯の間にはさんでいた巾着からすばやく小粒銀をいくつかおひねりにし、「おかげで助かりました。おきねさんは気が転倒しているのでしょう。これは祭の小遣いになさいな」

大男に握らせた。ぺこりと頭をさげて、黒い顔によく目立つ白い歯を見せたが、浜藻は睫毛の長い大きな目玉のその男が、なぜか悲しげに見えると思った。男は去った。

おきねは腰を打ったようだった。支えられてやっと立ち上り、

「見苦しいところをお見せいたしまして」

と尋常な様子に戻ったが、もう祭見物はできそうもない。

同行した女子衆の中の年かさなのが二人、おきねを支えながら帰ることになった。

「うちら、祭は何べんも見とるばってん」

済みませんと頭を下げたままのおきねを、両側から抱えあげるようにしてゆっくり戻ってゆく。

祭の出し物は川船で終いのようで、お旅所の前にまた戻って見ると、湯立ての神事というのが行われたところだった。周りに揃いの鉢巻法被姿の男衆がわらわらと増えている。

神輿がお上りになるのである。

まず、銀いろに光る鉾と鈴を頭に三社の紋を染め抜いた幟が先導する。女子衆のひとりが、

「槇の葉ご紋がお諏訪さま、三ッ巴は住吉さまで松の枝のが森崎さま」

と教えてくれた。しずしずと幟が三人がかりの供奉《ぐぶ》でゆくと、その後に続く行列が大層なものであった。

弓、薙刀《なぎなた》、槍、大太刀、緋獅子、山伏が法螺を吹く。神主、紋付姿の役人らしいのや町役。

「あれ、あそこに母屋の殿さまが」

指さして女子衆が言うのだが、何しろ多人数でしかとは判らない。エイサーの掛け声で神輿がいよいよ出立する。見物衆も一緒に声をあげて何とも盛んな行列だった。皆神輿に従《つ》いてゆくらしいが、浜藻はどっと疲れが出たような気がして、帰ることにした。おきねのことも心配だったのだ。

浜藻と残っていた女子衆は三人ほどだったが、祭は毎年のことなので誰も一度はお諏訪さまへの石段を駈け上る神輿を見たことがあると言い、お上りが終れば客人が帰って昼餐になるから忙

しいと一緒に帰ることになった。江戸町と教えられた道を戻りながら、

「おきねさん、大事ないとよいけれど」

と浜藻が呟くと、

「おかしかごつ。おきねどん、卯吉がとこへよう物運びよっとに、急に嫌やゆうて」

一番若いのが言う。

「え、ああ、あなたお名は何というの」

「うち、おみえどす。そいからおすみさん、おやえさん」
十三、四かと思うそのおみえは、屈託なく他の女子の名も知らせた。
「そうですか、おすみさん、おやえさんにおみえちゃんね。よろしうに。私は浜藻といいます。ほんとの名は茂代《もよ》ですけれど、旅の間は俳諧師として浜藻でとおしますから」

「はあ」

三人は揃って溜息のような声を吐き、足を止めて深く辞儀をした。年かさ、と言っても二十歳《はたち》くらいのが、

「お客人がうちらに、こんげんご丁寧に、申し訳なかごつ。お江戸からお出ましたと聞きよりましたが、ほんに」

腰をかがめて眼をきらきらさせながら言う。

「ええ、江戸は五月の末に発ったのですよ。東海道を上って京、大坂見物して、山陽道、防府か

らは久栄丸に乗せて貰うて」

三人がまたはあっと吐息をつく。久松の家に遠方からの客人は珍しくないが、おなごの方が江戸からというのは初めてだと、三人が交々話す言葉の端から汲みとれた。長崎弁も大分耳馴れたようだ。

「で、その卯吉というのは」

「あ、あの色黒の大男、おきねさんを抱え出した男が卯吉で」

おみえは、いつか日暮れどきに使いに出て、おきねが卯吉の小屋に風呂敷包みと手籠のようなものを提げて、こっそり入ってゆくのを見た、と告げる。他の二人も知っているらしく、うんうんと頷いている。

卯吉というのは捨子だったそうだ。川漁の番小屋の前に捨てられていたのを爺さんが見つけた、卯の刻だったので卯吉。番小屋の爺さんはもと久松の下男をしていたので、爺さんが死ぬと旦那さまが雇われた、しかし、水主たちの長屋には入らず崩れかけた番小屋にひとり住んでいるという。

「なんで、あんげんじゃじゃふらすとかね」

「ばってん、ころげて頭打ちはったと違うか」

石橋まで戻ると、川の流れを渡ってくるのか囃子の音が高まり、人々の喚声もわっわっと響いてきた。

さして幅の広くない川は中島川、この橋は長久橋、ここから七つめに名高い眼鏡橋がある、と教えられた。すぐ上手にも次の橋が見える。聞けばひとつの町内ごとに橋が架けられているというのだ。しかも皆石の橋である。

「まあ、ひとつの町ごとにこんなしっかりした石の橋が。長崎は豊かな町なんですねえ」

浜藻は感心した。大川や日本橋川は幅があるから無理にしても、本所深川あたりの掘割に架かる橋も皆木橋の江戸が、何だか少し貧しく思われた。

そこまで昨日のことを思い浮かべて、浜藻の耳は遠くで雨戸を繰るらしい物音を聞きつけた。西の果て長崎でも、漸く新しい一日が始まるのだ。

――今日は髪を洗わせて貰うて、髪結にゆかねば。洗濯もしたい。そうそうお佐太さまに献立表を写させて頂く約束。

久松家に戻ってから、まず美々しい庭飾りなるものを拝見し、母屋の二階で何十人もの客に混って椀飯振舞《おうばんぶるまい》の宴に連なった。

広い家の表から裏まで開け放して、金箔銀箔の屏風、唐の書画、蒔絵や螺鈿の調度、ぎやまんびいどろ高麗焼物と目くるめくほどの家財が並べられた庭飾りは、ひとつひとつゆっくり賞《め》でてみたいもの、と思うだけで、その時は目移りがしてよく味わうことができなかった。立派な書画調度は江戸でも見られるが、南蛮渡りの品々が多いのはやはりこの土地柄と思わされる。

膳の物も珍しい料理ばかりであった。浜藻が手帳を取り出して料理の名を聞きながら書きつけているると、もてなしに出ていたお佐太が、献立表があるから、と言ったのだった。珍しい料理のひとつか二つ覚えて戻れば、母の早代に何よりの土産になる。珍陀酒《ちんだしゅ》という南蛮の紅い酒も初めて味わった。口当りが甘くて美味い酒である。長崎の衆は皆芸達者で遠来を珍らしがられて呑み過ぎた梅夫は、さして上手でもない謡を唸ったし、浜藻もとうとう娘道成寺の素踊りをする羽目になったものだ。

宴が終る頃、西浜町の踊り納めといって久松家の庭先に竜船がやってきた。山車や傘鉾を収納する倉も久松の地所内にあるという。

色鮮やかな竜首の船は屋根を開くとそこが舞台になって、子供らが踊るのであった。

盛り沢山な一日が終って寝所へ引き取ってからも、梅夫は

「いやあ、面白かったぞ。あのな、コッコデショというは五色の座布団、それが上へゆくほど大きいのを積み重ねた山車で、それをエーイエーイと投げ上げるのさ。唐人踊に山伏踊り、町ごとに趣向を凝らすというが格別の見ものになるのだな」

高ぶって言っていたが、横になるとことんと眠りに落ちてしまった。

浜藻は起き出して厠を使い、身支度を調えてから父親を起した。今日はいろいろと段取りせねばならぬことがあるし、久松家の夫婦とも話しあわねばならない。

しかし、菊也とじっくり差し向いで話すことが出来たのは、三日めの十四日であった。

くんちの後始末が大ごとらしい上に、久栄丸の荷卸しがあって菊也は家にいない。十三日は諏訪神社で奉納の能があり、父娘は揃って桟敷見物した。これには代官目付町年寄などが皆紋服に威儀を正して拝見するのである。能は五番で間に狂言が入るが、一番能は「諏訪」というこの土地だけの謡であった。能は観世流である。

長崎総鎮守正一位という諏訪神社は、背に山を負うた高台にあって、西浜からは相当な上りだった。広場があり高い石段があり神鳥と狛犬が参道を見守っている。右手にも鬱蒼とした楠の木の森があり、其処は諏訪社よりも古い松ノ森神社ということであった。

山と海が近い。見おろせば陸地に深く切れこんだ湾が見え、舫っている数多の大船小舟が見え、鮮やかな色は唐船と阿蘭陀船である。山は、防府あたりで既に錦繡の色どりにぎやかであったのに比べて、常盤木がほとんどで所々はっと目を引く赤や朱は、櫨《はぜ》か漆《うるし》のようだった。

菊也は母屋の奥に、執中亭と名付けた庵を建てていて、十四日の座はそこで持たれた。

近々大坂へ船を廻すのに乗るのだそうで、この日だけ空けたのだと菊也は言う。

「慌しうて申訳ないが、前々からの約定で大坂表へは儂が行かねば埒があかんものでな。俳諧衆への口利きは、この馬印さんに任せてあります。何も案ずることはないよってゆるりと滞在して下され」

大坂往還は、およそ一ト月、戻ったらまた一座できようと、行き届いた配慮であった。

連衆は馬印といって、長崎俳諧衆の長老だという白髪の品の良いご隠居だった。

引き合わされて挨拶を交したとき、

「旅の俳諧衆にもあまた出合うたが、女子衆とは珍しかごつ」

と目を細めるようにして浜藻を見、

「天明の頃に長門の尼さんの俳諧師が来られよったが、おなご衆の俳諧衆はあれ以来ですな」

と言った。

「ああ、菊舎尼さまのことでしょう。防府でも名高いお方のようでした。お会いになりましたの」

「いや、あちらは美濃派ちゅうことやったけん、一座はせなんだが見掛けたことはあったな。唐通事に習うて唐音で詩を詠み交すとか、書画も入魂とか、ばってん大したおなご衆だったような」

浜藻も美濃派とは交わらない。流派を超えて諸国の俳諧衆と風交を結んでいる随斎成美にしても、美濃派だけは別なのである。

「それを言えば筑前にも諸九尼《しょきゅうに》とか名告るおなごの俳諧師がおりましたぞ。これがなかなかのおなごだったとか。長崎じゃまんだこれというおなご俳諧師は見当たらんよって、佐太に習わせようと思うとるごつ、今日は目障りではあろうが、隅に控えさせて貰いよっと」

茶菓の世話をしているお佐太の方を見て、菊也は少し照れ臭そうに言う。お佐太は深々と辞儀をした。

「奇特なお志でございます。控えなぞと言わずに一座連衆に加わりなされては」

梅夫は手を打ってにこにこした。浜藻もここに同行の女子衆が生れると思って嬉しかった。付合を習うならとにかく一巻を巻くなかに入るのが一番なのだ。傍で見ていて判るというものではない。

しかしお佐太も菊也も、イロハも知らぬゆえと固辞し、四人で巻きはじめることになった。

馬印はもと長崎会所に役を勤めていたそうで、いま去来四世の香月沙戒《しゃかい》も会所勤めであるが、病を得て休んでいるとのことだった。

つまり長崎の俳諧衆は芭蕉翁第一の高弟向井去来の流派なのである。

「去来といえば、この久松の家にも遠いゆかりがありましてな。後興善町《うしろこうぜん》の、今は無いがあすこに霊蘭堂《れいらんどう》という向井元升の儒医学の塾があった、元升の二男が去来、四男の利文とゆうが高木家から養子を取って高木姓となられた。久松の先々代は高木から養子に来て貰うたというわけで。ばってん血のつながりは何もないが」

菊也の言葉に梅夫は、ほうと声をあげた。

「高木家と申しますと、音に聞く長崎代官の高木家で」

「その分家じゃが」

「それにしても芭蕉翁の一の門人のゆかりと聞けば身が引き締まります」

「とはいえ、いま長崎の俳諧はどうも勢いがない。ひとつ長逗留して盛り立てて貰いたいもんです」

菊也は、それではとすでに書いておいたらしい小短冊を出して詠みあげた。

鹿啼《しかなき》てしきりに山の匂ひかな　　菊也

菊也は当然のように自分が捌きをし、発句も出すのだとおもっていたらしい。江戸では、捌きはその場の宗匠ということになるので、先ず年期のいった者が皆に押されてその位置につき、一ト通りの挨拶があって始めるのであるが。

「脇は梅夫さんに頼み、第三が馬印、浜藻さんと続いて、四人じゃによって二飛び四飛びといたしましょう。ばってん捌きも何も要らぬようなものだが、差合は遠慮のう言って下され」

郷に入れば郷に従えという諺がある。梅夫も浜藻も異を立てるつもりはなかった。

客発句脇亭主というならわしもあり、梅夫は発句を用意していたが取り出さなかった。菊也は諸集に名がでており、撰集を一冊上板したものの梅夫の名は世に知られているわけではない。馬印も当然という顔で、町年寄の身分ではあり菊也はつねに宗匠なのであろう。梅夫は脇を案じた。

「不出来でござりますが」

しぐれて霽れてよき秋の月　　梅夫

昨夜が後の月であったが、宵のうちから雲が多く時折雨もぱらついた。「むら雲にみえかくれして十三夜」と案じていた発句を七七の短句に作り直したのだった。

「ほう、昨夜は口惜しいことじゃったが、今宵はよい月がでそうですからな。頂きます」

菊也が治定する。

まだ午前《ひるまえ》であるがよく晴れているのだ。

「このあたりの山々は、紅葉《こうよう》いたしませんのですね」

浜藻は気になっていたことを口にした。

「ああ、潮風がきつうて楓なんぞは育たんですな。いまごろ本州の方は錦繍の秋じゃろうか」

「あれだ、引田屋の庭にゃ楓がたしかにあったようだが」

「そう言やあこんまいのが内庭に一本、えろう大事にして自慢しょってからに」

菊也と馬印が話しているのは遊郭丸山町にある名代の料理屋のことだそうで、潮風のきつい日は覆いを掛けなどして、美しく紅葉するのを嫖客に自慢しているという。

「音にも聞えた丸山町ですな」

梅夫が笑いながら、井原西鶴の「長崎に丸山と云所なくば上《かみ》がたの金銀無事に帰宅すべし」とある。『日本永代蔵』の一節をひいた。

「こちらは僧形、しかも娘連れではなけなしの金銀失う気遣いは要りません」

「何の、坊さんだろうが神主だろうが、話の種にと上る者は珍しかありませんぞに」

馬印は、そう言ってからふと浜藻を見て、

「いや、これは」

頭に手をあてた。

「ご遠慮なさらずに。江戸でも成美さまはよく酒井の殿さまと吉原へ上ったお話しをなさいますから、馴れております」

「ほう、酒井の、というとあの雨華庵抱一のことですな」

菊也が身を乗り出す。

「琳派の絵がこの上ないと聞きました。ばってん一度眼福を得たいものだが、成美どのはお持ちでしょうな」

おいおい、と馬印が首を振って、宗匠が他所見をしては困る、と言いながら短冊を差し出す。第三である。

酔さめの菊もすゝきもみなほうけ　馬印

菊也がふむよろしかろうと詠みあげて治定《ちじょう》する。梅夫が頷いて言う。

「月見の宴で酒を過して庭の菊やら芒やら見分けもつかぬといったところですな、なるほどくんちの大御馳走のあとでは、まさに儂もこのとおりでござんしたな」

「ほんとうに珍しいものばかり、江戸への土産にとお佐太さまに献立を写させて頂きました。あの柘榴なますのきれいで美味しかったこと」

浜藻はお佐太に会釈しながら言った。

「江戸ではからすみなんぞは珍味とゆうて、ごく薄い切れはしが二、三枚、それで料理屋は大威張りだが、それが惜しげもなく、皿一杯に並べてありましたな。魚は皆活きが良くて、いや堪能いたしました」

そんな話をしながら浜藻は四句めを差し出した。発句、脇、第三とそれぞれ働きの要る句が続くので四句めはさらり軽くてよいのである。

稚きものを旅に立たせる　　浜藻

「ふむ、これはまた気分が変ってよろしか」

菊也が治定して四人の顔が揃った。発句から第三まで、鹿、月、芒と定石通りというか同じ場面の句なので、浜藻はわざと大きく転じたのだった。

ここから二飛び四飛びになる。四人で一座するときは順に付けると長句ばかりとなる。長短が入れ換わるための方式である。脇の梅夫が二飛びで五句めを付け、六句めは発句の菊也が四飛びで付ける。皆年期が入っている連衆のことで、たちまち表六句が並んだ。

鹿啼てしきりに山の匂ひかな　菊也
しぐれて霽れてよき秋の月　梅夫
酔さめの菊もすゝきもみなほうけ　馬印
稚きものを旅に立たせる　浜藻
鳥追ひに亦翌来《あす》ひと申しけり　梅夫
魚に乗せたる椿一枚　菊也

表六句が並ぶと酒を酌み交わすことになっている。お佐太が立っていって女子衆が三人、膳やら何やら運んできた。

「おきねさんはどんな案配ですか」

浜藻は低声《こごえ》でお佐太に聞いた。ずっと見てないのである。

「はあ、えらい粗相なことでござりました。筋を違えたようで起きてはおりますが、人前に出とうないと申しまして、縫物なぞしております」

大事なくてようござんしたと言いながら、少し審しく思う浜藻だった。

一献ずつ廻った男たちは、床の間の掛軸を話題にしている。半間の床であるから軸も幅一尺縦四尺ほどな紙本淡彩の小軸の南画で、豊後の田能村竹田のものであった。唐の風俗の五人が酒甕を抱えて車座になっていて、とり立てて見事ともいえないが上の方に書き込まれた細筆の詩篇の筆蹟が何とも風雅で、一幅として見応えのあるものになっている。そういえば庭先飾りの中にこの軸も見たような気がする。

表六句が終って酒が出ても、俳諧の席では塩豆ぐらいに止《とど》め質素に、と書き遺された作法書もあるのだが、こゝでは皿小鉢の賑やかな膳が出た。からすみもなまこもあり、卯の花を腹に詰めた鰯の鮨もあった。しかしさすがに酒は控えて付合は裏十二句へと進む。

付合をしていると、初めて会うた者同士でも次第に気心が判ってくる。菊也には才のひらめきがあり、馬印は手馴れているが月並調だった。それに、付合の運びは「付け」と「転じ」の案配なのだが、馬印はひたすら前句に付けるだけで転じということは念頭にないとみえる。

名残の折に滑稽が二句続き、転じる場面でまた馬印は、

世の中は鯰の髭の長きより　　馬印

とよく判らぬ句を出し、菊也はうーむと唸りながら仕方なさそうに治定した。それまでにも二度三度馬印の句を差し戻して再考させる場面があったから、長老ではあり無体なことも言えぬと思ったらしかった。浜藻はいつも転じる役どころになる。

綾の袴を引《ひき》ちぎる恋　　浜藻

「鯰髭の殿上人と見立てたのですけれど」

転じすぎと受け取られかねないと思って一言添えたが、

「これはよう転じたごとある。さすが」

と菊也は喜んで治定した。梅夫が

薄月にかくす泪をしのびかね　　梅夫

とすぐさま付けた。よい恋の運びになりましたな、と菊也は暫く案じていたが、

白がちに咲《さく》垣の蕣《あさがお》　　菊也

と物した。

「おお、恋の余情を残しながら恋離れへ持ってゆかれた、みごとな付けですな」

梅夫が声を挙げ浜藻もええほんとにと和した。この二句の渡りは一巻中の山場といえようと菊

也も自讃の体《てい》である。困ったのは馬印で、小短冊に書き散らしながら案じ切れなかったようで、

「ここは老体に免じて休ませて貰いましょう」

と言う。逃げと打つ気か、とからかいながら菊也は
「浜藻さん、ひとつ」

と促す。

山雀の物喰ふ音のほと〳〵と　　浜藻

この句は手や膝を打って感嘆された。そんないきさつもありながら一巻三十六句は首尾よく調い、四人の連衆はほっと吐息をついた。お佐太も懐紙にすべて書き写している。

栗飯と鰙汁《ひれじる》の膳が運ばれ、食後の水菓子にはトンゴ柿という先の尖った小ぶりな柿がだされた。それにつれてくんちの料理から祭の出し物のいろいろ、傘鉾の飾りの詳細などとしきり雑談が続いたあと、梅夫が少し改って、

「ついては、私共のこの先のことでご相談いたしたく」

と口を切って、武蔵の在所へ便りをして何かと送り物も頼む、飛脚の往復におよそ三月《みつき》は見込まねばならぬらしいので、三月ほど何処ぞの小家でも借りられまいかと思うている。いかがなものかと菊也に話した。

旅の途次に折々便りはしているが、長滞在はしなかったのであちらからの便りは貰っていないのだ。路銀や着料のこともあり此処で便りを待ちたいのである。

「いやあ、それなら三月といわず半年でも滞留して貰うて一向にかまわぬが。見ての通り空いた部屋なぞなんぼでもある。不自由はさせませんぞ」

菊也は事もなげに手を振る。そう言われることを半ば怖れながら浜藻は予期していたのであった。

「ありがとうございます。だが、これが、浜藻が町なかで暮して長崎という土地や人情を味おうてみたいと申しましてな」

「あの、勝手を申すようですが、私は自分で煮炊きをして長崎料理のひとつも覚えたり、土地の慣わしなども暮しの中で身につけてみたいのでございます」

父娘の話すのを馬印は頷いていたが、

「さすがは旅の俳諧師、ばってん久松家では客の一人や二人長逗留されたところで痛くも痒《かゆ》うもなかろうが、千三百坪の御屋敷で上ゲ膳据膳では俳諧の旅の味とは申せぬかも知れませぬ。ごっとも」

父娘の気持に添ってくれた。

「はい、野晒しの旅を翁に習うて気取るわけではござらんが、旅に出た上は野垂れ死も覚悟、至れり尽くせりの客のままで居るわけには参りません。お情けを無にするようで心苦しうございますが」

菊也は別に機嫌を損じたようではない。

「なるほどなあ、俳諧は俗談平話、蕉翁が東海道の一筋も知らぬ者俳諧覚束なし、と言い遺されたもその当りのことかも知れん。世情に親しうなければ付合の筋も狭《せも》う固まってしまう。いや私も船でばかり往来しとるは間違うておるかな」

頷いて、

「だが、借家というは此の土地ではいろいろと面倒があるによって、どこぞの離れでも借りられたがよかごつ。三月ばかりのこととはいえ、届けを出すのは面倒」

「うむ、それぞれ、長崎では借家人も家を求める者もきびしい詮議がござってな、まあ町年寄の口利きなら書付は通るじゃろうが、ばってん面倒ではある」

菊也と馬印が交々教えてくれたのは、この町では盆暮に家持ちには箇所銀《かしょぎん》、借家人には竈銀《かまどぎん》が洩れなく配られるとのことで、不正な受取がないよう他国者が住みつくのには確かな保証人が要り、書面にして役所へ届けて許可状が要るということであった。

「町中洩れなく下されるのですか。箇所銀、竈銀というのは」

父娘はびっくりした。江戸では町内の費用も出す一方である。

「大した額ではありません。年に銀百三十匁かそこらの箇所銀、竈銀は四十匁ばかりかな」

菊也は事もなげに言うのであるが、銀百三十匁は二両余りになる。ただ住んでいるだけでお上から二両も下されるというのは、信じられないようなことであった。更に地租も免じられ、町年寄以下、乙名、組頭、五人組という町役にもそれぞれ手当が下されるのだという。

江戸では地租を拂った上に、自身番のかかりも大家や地主が出すのだし、与力や同心への付け届けも要り、間違ってもお上から費用を下されることはない。武蔵の小邑の名主である五十嵐家も地租や運上を計算し集めて納めるのに人を使っていてそのかかりは皆自分持ちである。何かの行事にもよんどころない仕置にもお上に助けて貰ったことはない。

もっとも大谷村は旗本久留氏の飛び領地で、久留氏の千五百石は伊勢が本貫であるから飛び地の小邑は忘れられたように検分もなく、養蚕や菜種油織物など副業の方は名主の一存で取り仕切っているので、耕地の少ない割には五十嵐家は裕福ではあったが。

そんな話を交しているうちに、馬印がふと額に手を当てて、

「ばってん、北馬町の」

と言いさすや、菊也がおおと声をあげた。

「其映がとこの」

と二人声を合わせる。そして大笑いした。

きょとんとしている父娘に、馬印が話すのには、俳諧連衆の其映、これは北馬町の中川儀兵衛といって諏訪神社の御用呉服屋だという。神職や巫女の衣裳を一手に引き受けている老舗、先ごろ隠居の母親が亡くなった。これが嫁と折り合いが悪く、隠居所も母屋の続きは嫌がって離れに

し炊事場も別にした、というのを聞いたことがあるのだ。

「あすこなら打ってつけだ。町なかで何処へ出るにも便がよか」

北馬町というのは諏訪神社参道へ真直続いている通りで、父娘も昨日通ったところだという。

「善は急げだ」

菊也はそう言って、すぐさま梅夫と馬印を連れ出した。こんなことなら今日の席にも招ぶのであった、と言いながら羽織を持って来させてさっさと出かけたのである。

浜藻はお佐太と顔を見合わせて笑い出してしまった。

「ほんに急《せ》からしかひとで」

「男衆というものはねえ」

お佐太は、久松の家に逗留して貰いたいのにと、すこし口惜しそうだった。俳諧を教えて貰いたいし、しみじみとお話もききたい、ずっと家に閉じこもっている暮しなので、旅の道中の珍しい見聞も語ってほしかった、やどは外出《そとで》ばかりで家に落ち着くことも少ないのだ、と堰を切ったように言うのだった。

「あら、もし別の住処をお借りしたにしても毎日でもこちらへ伺いますよ。おなご同士で俳諧の付合ができたら、どんなに楽しいことかと思うておりましたのですよ」

教えて頂けるなら自分も精進したいと、お佐太は熱をこめて言う。

「今の付合でもうちには判らぬことが多うございました」

何でもお聞き下さいな、と浜藻はほほえんで促した。大家の奥さまというものは案外不自由で淋しい思いをしているものなのだ。浜藻のように変り者で通せればともかく。

「それでは、あの、折立の浜藻さまの発句、笠寺の後《うしろ》なぐれに春の風、でござりますね。この後なぐれともうしますのは」

「ああ、これはふだん使わぬ言葉かもしれませんね。なぐれとは気ままに逸れることを言うのです。春の風があっちへ吹いたりこっちへ吹いたり。笠寺は尾張にある名所の寺で、立ち寄りましたものですから」

そこへ小女が来て、お方《か》っつあまに何やら用があると言う。此処も片付けなくてはならない。

「お佐太さま、いぶかしく思われたところへ印しを付けてくださいませな。その下に細かい字でわけを書いておきますから」

そういうことにして浜藻はお佐太の書留を預り、いくつか説き明かしを認めた。

文化丙寅菊月十四日　長崎執中亭にて

鹿啼《しかなき》てしきりに山の匂ひかな　菊也
しぐれて霽れてよき秋の月　梅夫
酔さめの菊もすゝきもみなほうけ　馬印
稚きものを旅にたゝせる　浜藻

鳥追ひに亦翌《あす》来ひと申しけり　夫

　魚に乗せたる椿一枚　也

裏

笠寺の後《うしろ》なぐれに春の風　藻（あちこちする気ままな風）

　木履穿《はき》たる人を送れば　印

川波のかゝる袂をあなづられ　也（あなどられる　からかわれる）

　年はおはぬとばかり寝そべる　夫

朔日の馬の頭に日があたり　印

　散すましても匂ふ白蓮　藻

饅頭を糸で切《きり》たる綺麗さは　夫

　笑ふことさへならぬ行縢《むかばき》　也

光悦が仮名で書きたる文の跡　藻

　都めけとて花を植たす　印

憎き程夜も更月もおぼろにて　也

　盥の底の蛙啼き出す　夫

名残折表

どさくさと箸並べたる蜆《しじみ》汁　印

我子の皃《かほ》に似たる人の子　藻
目の先に浮出《うかびいで》たる淡路島　夫
　風類《たぐひ》なく御能はじまる　也
帋《かみ》ひとへふたへは雨の染《しみ》安く　藻
　蠟八過《すぎ》てひろふ松笠　印
来る程の人に火鉢を宛《あてが》ひて　也
眠り五平が執成《とりなし》をみよ　夫（とりなし）
世の中は鯰の髭の長きより　印
　綾の袴を引《ひき》ちぎる恋　藻
薄月にかくす泪をしのびかね　夫
　白がちに咲《さく》垣の蕣《あさがほ》　也

名残折裏

山雀の物喰ふ音のほと／＼と　藻
　行基佛に雨をいやがり　印
年よりも集に撰べば名のりけり　夫
　只何処迄も同じ板敷　也
花の香をまたもちらかす宵の雲　藻

かどひしもなき連翹《れんぎょう》の友　　印（角も菱もないまろやかな）

（『草神楽』より）

これが長崎での第一巻だと、懐紙をたたみながら浜藻は胸をふくらました。防府でも巻いたのであったがあまり上出来ではなく、旅の成果を撰集にしたい、という当初の望みには叶わない気がしていたのだった。

夕刻、菊也と梅夫は馳走になったらしく一杯機嫌で帰ってきた。中川儀兵衛こと其映は快諾して、早速離れの掃除を言い付けていたという。明日にも移ることになった。

借家人だと届けが要るから建前は親族が長崎見物に来たということになるのだそうだ。

翌十五日、茶漬の朝飯を済ますと荷をまとめて北馬町へ移ることになった。菊也はその翌十六日に大坂へ松栄丸を廻す手配になっており、自分が留守にするあいだの世話が気になっていたらしく、

「其映に任せておけばよか。長崎連衆にあんじょう手配してくれようっと。馬印が浜藻さんにえらい感心しよって、あれもあちこちへ声かけてまた一座したいと言いよりました。これで心おきなく船を出せる。ばってん戻ったらばまた此方へ移って貰うてもよかと」

菊也は、随斎成美の紹介の客人に行き届かぬことがあっては申しわけない、と言うのであった。しかし、船の積荷に目付や代官所手代の立ち合いがあるため、早々に出てゆかねばならなかった。

男衆も皆波止場へ出ていて、昨日から漸く起き出したおきねが裏口で何やらばたばたしている。

お佐太が細々《こまごま》と気を遣って、夜具は鏡台は鍋釜は、膳に皿小鉢茶碗に椀、火鉢はどうであろうとまるで嫁入りするみたように積みあげ、裏口に大八車を引かせている。

「いや、たしか夜具は其映さんの所に御隠居用のものがそのままあるとかで、風を当てさせておくと申された。要り用のものはおいおいに調える心組みでおりますが、まずこのような行き届いたお心遣い下されて何不足とてございません。ありがとう存じます」

父娘は頭を下げた。夜具は除《よ》けられたが座布団火鉢は摘みこまれ、米木炭味噌包丁俎板とおきねが抱え出してくる。

「お名残惜しうございます。きっとまたお運びくだりませ。さまざま教えて頂きとうございます」

たった四日ほどの滞在だったのに、お佐太は涙を流さんばかりであった。俳諧の手引きに通う約定をしている。浜藻がくんちの馳走の中でいたく気に入ったざくろなますを昨夜の膳に用意させて、今朝の茶漬にさえ一鉢出ていたのである。

目に著《しる》き柘榴膾やきのふけふ　　浜藻

一句詠んで礼の代りに短冊を認《したた》め置いた浜藻であった。

「お方《か》っつあま、呼んできました」

駈けこんできたのは年若のおみえ。そのあとからのっそりと色黒の大男が現われた。卯吉だった。このたびの大坂廻船には乗らないのだろう。男衆が出払っているので大八車を引きに来たのだ。

おきねが急に肩を硬張らせてすっと中に入ったのを、浜藻は目の隅で捉えたが他の者は荷積みに気を取られていた。

北馬町の中川屋に使いをしたことのあるおすみが細々した荷を持って従い、梅夫と浜藻は久松の家を辞した。

其の三　神無月

晴れた日の長崎は明るい。眩しい。

神無月旬日、夜半から夜明へかけての冷え込みはきびしく、温石《おんじやく》を用意しなかったのが悔やまれるほどだったが、そのぶんみごとに晴れ上って雲ひとつない碧天。楠、椎、椿、泰山木などの照葉《てりは》が陽にきらきらとさざめき、砂地の道と石畳が白く乾いている。

北馬町は長崎街道沿いで荷問屋や厩《うまや》がずらりと並んでいて朝早くから往来は賑やかだ。諏訪神社の門前町でもあり、中川屋は神棚や神前道具を扱う店と並んで神社の真下になるが、浜藻たちが借りた離れは裏手で別に出入りの木戸もついており、裏へ抜けると八百屋町で暮しに至極便利なところである。

離れは六畳四畳半に三畳の勝手が付き、厠も設けてあるから風呂を借りるときのほかは母屋と全く顔を合わせないで済む。とはいえ其映が顔を見せない日はなく、引越したその日から梅夫と両吟歌仙を巻き、すぐ翌日には連衆を集めて松ノ森神社境内の茶屋で、総勢十一人の一座がもたれた。

松ノ森神社の由緒は諏訪神社より古くからあるとのことで、楠の大樹に囲まれたもの寂びた社だった。本殿の瑞垣の欄間に職人尽の浮彫がほのかな彩色を残してぐるりと飾られているのが、父娘の興趣を引いた。

茶屋は千秋亭といい、この町で一、二といわれる立派な料亭で、浜藻は初めて卓袱《しっぽく》料理というものを味わった。料理そのものはくんちの御馳走とあまり変わりないが、大皿に皆盛り合わせて各々が小皿に取る。見た目が華やかだし好みの物だけ取って食べ残しの恥はないし皿小鉢も数少なくて済む。よい智恵だと浜藻は思った。江戸で流行らせたらどんなものであろうか。

連衆は其映の他、楚江《そこう》、登龍《とうりゅう》、盤渓《ばんけい》、輝友《きゆう》、友之《ゆうし》、祥禾《しょうか》、吾友《ごゆう》、烏孝《うこう》と引き合わされたが一度には覚え切れない。隠居が多いが中には若い兄弟がいてこれが友之、吾友だった。

文化丙寅菊月十六日長崎松ノ森にて

白菊に塵掃よせん朝ぼらけ　　楚江

提《すげ》てはこぼす水の三日月　　登龍

と始まった歌仙の裏折立に梅夫が入り、それに浜藻が付けた。

手をついて草の蛙が歌申す　　梅夫

奈良のみやこは微雨許也《つゆばかり》　浜藻

梅夫のは自らを蛙に例えての挨拶だし、浜藻は奈良も京も見て来た旅の果ての長崎の空晴朗を、ひそかに賞でたものである。

髪結にゆき、小ぶりの丸髷《まるまげ》に銀の平打簪《かんざし》、江戸小紋に黒繻子《しゅす》の帯といった姿の浜藻は、ただひとりのおなごではあり、否応なく注目の的になった。身の上について立ち入ったことは聞かぬが連衆の作法であるが、町女房姿の女俳諧師は珍しく、ぶしつけな問いもありはしたが浜藻は微笑んでさらりと受流した。力量を見ようと思ってか初折の花の座が浜藻に廻ってきた。こういう大一座では、未熟ですからと花の座は譲ってもよいのであるが浜藻にそんな気は毛頭ない。

おもしろの御代を謳ひて花に酒　浜藻

宗匠役の楚江が朗誦するとわっと一座が湧いた。ほほうと声が出て膝を打つ者もいる。

「これは、これは」

「さすが江戸仕込みの女俳諧師」

「随斎成美や金令舎道彦とも堂々付け合われたと、菊也さんが言うておられた。まっことおなごには勿体ない腕達者、あの諸九尼を思いだしますな」

そうそうと頷く者がいる。宗匠役の楚江は儒学の塾を持っているとのことで、太物や海産物や履物屋などの商人の中では風格がある。登龍はハタ屋と聞いて、旗のことかと思ったら長崎では凧をハタと言うのだそうだ。

凧だけで商売が成り立つのが長崎、一度店に来てくれと言う。あの寺へ案内しよう、船遊びははどうだ、とその一座からにわかに交際が広がって、梅夫は毎日のように外歩きしている。

浜藻は忙しかった。離れとはいえ一軒家と同然なので掃除洗濯炊事と暮しの用がある。冬に備えて袷《あわせ》をほどいて洗い張りし綿を入れなければならない。長崎には珍しい織物があり、南蛮更紗やびろうどで帯も仕立ててみたい。

久松の家には三日に一度くらい通っており、お佐太に俳諧の手ほどきをする。くんちの宴で娘道成寺の素踊りをしたことが評判になっていて、長唄の三味線も持ち出された。

「琴棋書画の四つが一ト通り出来なければ文人とは申せぬそうですよ、私は将棋囲碁ができませんから文人のなりそこねで」

と言って笑うと、

「それは殿方のことでございましょう。おなごの身で浜藻さまのように音曲も俳諧も南画までなさる方、うちは初めてお目にかかります。文人になろうなんぞ高望みは致しませんけれども、せめて爪の垢ほどでも習いたいと思うております」

お佐太は諫早の方の、やはり廻船問屋の娘で一ト通りの芸事も修めてはいるが、嫁いでからは稽古に通うこともならず、あらかた忘れてしまったと言った。町年寄の奥方として学ばねばならぬ仕事が多かったし、さまざまな行事に手抜かりがあってはならぬので、姑の教えに付いてゆくだけで精一杯だったのだ。

そのお佐太と待合せて今日は赤寺とも呼ばれる崇福寺に参詣することになっている。待ち合わせるのは中島川の向う岸にある鼈甲《べっこう》問屋で、浜藻は櫛をひとつ誂《あつら》えようと思っていた。珍しい物、美しい物、殊にこの土地の銘産の物など欲しいものが沢山ある。しかし、長旅で路銀は心細くなっており、住いに落ち着いてから出した飛脚便が帰ってくるまでは、目星《めぼ》しい買物もできないのだ。鼈甲の櫛は付けで注文するわけだが、旅の者では信用がないだろうとお佐太に立ち会いを頼んだのだった。

教えて頂くのだからとお佐太は束脩《そくしゅう》を包んで差し出したのではあった。けれども久松の家から米薪麦醤油味噌から野菜も魚も毎日のように届けてくるので、その上束脩など取れるものではなかった。荷を運ぶのはおすみか卯吉で、度重なるにつれて無口な卯吉が少しずつ喋るようになり、今では打ちとけて笑い顔も見せる。笑うと十八という年齢《とし》相応の少年らしい顔になり、身寄りもなく小屋にひとり住んでいる卯吉に浜藻は何かと力添えしている。土地の者からは見下げられているのが哀れだった。船に乗るのは好きだと言うが、このたびのように大坂表へ廻る代官所の御用航海のときは乗せて貰えないのだと言う。

ぽつりぽつりと話す様子を見れば、悪気のない素直なたちである。寺子屋にも行ったことはないのに何時の間にか少し字が読めるようになったそうだ。船の名前や幟や店の暖簾《のれん》などの字と人の呼び方を突き合わせて覚えたのだと言う。久栄丸《きゆうえいまる》松栄丸《しようえいまる》で字の形を覚え、久松《ひさまつ》の家ということで一つの字に別な読み方もあることがわかった。漢字は覚えやすいが平仮名はよくわからないと言うので、浜藻はイロハといろはを書き、日々の暮しの中でよく使う言葉も十ばかり書いてやった。

もともと利発なたちらしく、一度読みあげながら字を指すとすぐ覚える。

気になるのはおきねのことで、ちょうど到来物の松茸を持ってきて、長崎では採れぬから珍しいのだと言って籠を置いて帰るさに、木戸から卯吉が薪を持って入ってきたことがある。戸口にたっていた浜藻は、おきねが一瞬立ちすくみ、卯吉がぺこりと頭を下げるのに見向きもせず、逃げるように木戸を抜けて出ていったのを不審に思った。卯吉はそんなのに馴れているらしく、人なつっこく白い歯を見せながら水を汲んでおこうかと言う。焚付の粗朶《そだ》と不揃いな薪は自分で拵えたもののようだったから、卯吉が出入りすることについて一度お佐太に話しておかねば、と浜藻は思ったのだった。今日はいい折かも知れない。

北馬町から、博多町へ出て中島川の岸にでる。眼鏡橋の、その名の所以の影を見るのが楽しみである。今博多町の川岸からさして広くない川に編笠橋、古町橋、一賢橋、すすきはら橋、東新橋、魚市橋と丸く反った石橋が並んでおり、鼈甲屋は東新橋を渡った角にあるのだが、昼前はそこから眼鏡となる双円の影が見えないから、更に二つ橋をやりすごして袋橋の上に立つ。

折からの朝の太陽にまんまるい二つの円が川に映っている。他の橋は石組が孤を描いても一重なのだが、眼鏡橋は真中に橋桁があって丁度眼鏡を置いたように見える。

この橋は先日参詣した興福寺二代の唐僧如定《によじょう》が寛永の頃に架けたと伝えられるもので、見事な迫持《せりもち》工法で大きく孤を描いており、橋上は階状《きざはし》になっている。渡るより眺めるのが楽しい橋であった。双つの円の中を小魚の影がすいとよぎる。

鼈甲屋の暖簾の前にもうおみえが来て向うへ手をかざしていた。声をかけるとびっくりして目をみはった。

「あら、あちらからと思うて」

「ええ、でも眼鏡が見たくて遠廻りしたんですよ。今朝は殊にきれいな眼鏡でした」

「あ、うちも見てきよりました」

久松の家から来れば嫌でも目に入るのだ。

鼈甲屋の長押《なげし》には大きな玳瑁《たいまい》が掛かっている。店の帳場の横に並べてあるのはごく僅かで、大方は注文で造るのであった。

お佐太は上り框《がまち》で茶を接待されていて、浜藻を見ると嬉しそうに立ち上って会釈した。

家督を譲ったとはいえ、名代の元町年寄の奥方ともなれば、気軽に外出《そとで》をすることはならず、寺詣りでも何用でも必ず小女が付き添うことになっており、よほどの用でなければめったに外歩きはしないのだ、と、浜藻の案内という大義名分が出来てたびたび外出をするのが嬉しいのである。

呉服屋も鼈甲屋も屋敷へ呼び付けて注文するので、店に来るのも珍しいらしく、あるじが恐れ入って挨拶していた。

「へえ、江戸からお出でのお客人でございますか。使いを寄越して下さればお屋敷へ伺いましたものを、わざわざ恐れ入ります」

「いいえ、今日はお客人を崇福寺にご案内いたしますのですよ。通り道ですから私もお店を覗いてみたく思いよりまして」

あるじは「マラッカのタイマイ」だと言ってまだ加工していない甲皮を見せた。

玳瑁は背甲皮十三枚腹甲皮十二枚あり、この甲皮で作るものが本鼈甲である、型を取り切り出し、焼継、研磨、艶出しの工程を経て製品となる。工法にはそれぞれの店の秘伝があって、ひとくちに鼈甲といっても質にはさまざまあるのだと言う。

「背甲になさいませ」

すこし斑《ふ》が入っている方が鼈甲らしいからとお佐太がすすめる。細工の型帳というものがあって櫛、簪、笄《こうがい》、根付、置物など丹念な写し図があった。さまざまな意匠の中に阿蘭陀船を彫ったものがあり、まあ珍しいと浜藻は声をあげた。

「これこそ長崎にしかない図案ですぞ。江戸土産にいかがで」

あるじがすかさず口を出したが、図案が図案だけに大ぶりな派手なものになりそうであった。

嫁入り前ならともかく、と首を振ると傍でお佐太が力をこめて頷いた。後で聞いたことであるが、そういう図案の大櫛は丸山町や寄合町の遊女が好んで注文するのだった。

結局、芒萩桔梗が斜めにさり気なく描かれているものに決め、笄は黒斑を生かしたごく地味なものを選んだ。もう若くなるわけではないし、形見に遺す娘もいない。いずれ養子を取らねばならぬが、養子の嫁も言ってみれば他人、それもまだ先のこと。笄は留守を取り仕切っている母の早代《さよ》に土産とするつもりだった。

お佐太は鼈甲屋を出るとおみえにおひねりを持たせて供を離れさせた。おみえは五島の方から来ているのだが、長崎に嫁いで小商売をしている姉がいる。喜んで姉の元にゆくのでいつもおみえを供にするのはお佐太の知恵だった。浜藻と遠慮なく話すのには供がいない方がいい。別に打ち合わせたわけではないが、それが以心伝心に判るほどに二人は親しくなっている。

「福済寺と興福寺へはもう参られたのですね」

「ええ、連衆の方に案内して頂きました。福済寺はほれ、阿蘭陀船が出る港下ろしとかいうのを境内から眺めようというのでした。あの時は賑やかでしたが、何だか後が淋しうて見物の衆もみなそう言っておりました」

九月二十日に阿蘭陀船は幾十もの旗をなびかせ、石火矢をドンドン打ち上げながら長崎の港を出て行った。検分の役所の舟や見送りの出島の舟が幾艘も名残惜しげに従い、誰も彼も手拭いを振り廻していた。湾を出た大きな帆がするすると三本も上がり、豆粒のような人影も甲板の上で白い布を振っていた。

阿蘭陀船がいなくなった港は急に広くなったようで、心なしか風が冷たく波も白い秀《ほ》を見せるようになった。唐船はまだ残っているのも二、三あるが、それも近々出てゆくらしい。

「それでは今日で唐三ヶ寺は全部お参りなさったことになりますね。日の本の寺とは違いましょう」

「はい、ほんとに他では見られない造作がありましたねえ。あの媽祖堂《まそどう》なども」

久栄丸の上で聞いた媽祖さまというのを、福済寺興福寺で浜藻は初めて見たのであった。唐三ヶ寺は唐の南京、福州、漳州《たんしゅう》の出自の商人がそれぞれ寄進したものと言う。

「媽祖堂は崇福寺にもございますよ。菩薩《ぼさ》上《あ》ゲはごらんになりましたか」

「ああ、あの賑やかな囃子で飛び出してみたのですよ」

唐船の甲板に祀られている媽祖さまは、港に入ると行列を作ってそれぞれ出身地の寺に預けられる。その上り下りに唐服のひとびとの鉦や太鼓やちゃるめらという笛を鳴らして従うのである。胡弓という弦も初めて聞いたものだ。その行列を菩薩上げ下りという。

崇福寺はだらだら坂を上った先に高い石段を築いて唐風の三門の奥にあった。寺社の多い長崎のわけても寺町は、風頭山《かざかしら》の麓にあってずらりと諸家の寺がならんでいるが、崇福寺は少し離れている。興福寺の山門に掲げる「東明山・初登宝地」の扁額は渡来した隠元禅師の手蹟であったが、崇福寺の「聖寿山」の額も隠元でその先の第一峰門には「第一峰」とこれは隠元の弟子即非《そくひ》上人の手蹟という。この即非は名筆の誉れ高く寺内にも惚れぼれするような書軸があった。

他の寺は外から見るだけであったが、ここでは久松家から話が通じてあったようで、一人の若い僧が応対に出て、この寺にしかないという梵鐘と太鼓が共にある鐘鼓楼や、唐で切組をして運んで組立てた大雄宝殿、黄檗《おうばく》天井、逆擬宝珠《さかさぎぼし》、媽祖堂前の媽祖門など詳しく註釈してくれた上、支那茶まで接待にあずかった。

「おかげさまで眼福いたしました」

お佐太は礼を述べながら、父の梅夫も見たら喜んだであろうと思った。外廻りの見物とだけ思っていたのである。

「うちも初めて詳しゅうに見せて貰いました。こちらこそ客人のおかげと申すものでございます」

なるほど菩提寺ででもなければふだん案内の僧が付くことはないであろう。夫の菊也が一緒ならどの寺でも丁寧に応対してくれようが、その土地に住んでいるとなかなか改めての見物はしないものなのである。

「そろそろ旦那さまもお戻りではございませんか」

松栄丸が大坂港へ向けて出帆してからおよそ一ト月近い。

「はい、何の便りもございませんが、おっつけ戻ると思います。何やらこの十二日には大きな俳諧の催しがあるとか、出る前に申しておりましたし」

「ああ、それは祖翁芭蕉さまの忌日の興行でございましょう。祥月命日の十月十二日には諸国のどこでも俳諧衆が追善俳諧をいたしますのよ」

そのことは其映から知らせが来ている。梅夫は、浜藻が洗い張りや仕立物で忙しくしている日も、誰かに誘われて俳諧三昧の時を過しており知り合いも増えた。芭蕉翁忌日の時雨会《しぐれえ》には多数集まるらしい。

菊也も俳諧師として時雨会は欠かさないのだろう。浜藻も楽しみにしている。

寺を出て、来た道をとらずに寺町へ上る細い露地に入った。右手は山麓の寺々、左手は崖に貼りつくようにして花や線香や団子や茶店などの小商いが並んでいて、二人は甘酒を商う小店に入った。

お佐太は若返ったように生き生きして面ざしも輝いているようだ。町の茶店に入るというのも珍しいことなのだろう。夫の留守にめったにない自由を嬉しがっているのがいじらしいようだった。

「この前は浜藻さまのお辛い話を伺いましたけれど」

大ぶりの唐津焼の茶碗に熱々の甘酒が運ばれたのを、たなごころで抱くようにしながらお佐太は言った。

「今日はうちのことを聞いて頂きとうございます」

他に客は居ず、茶店を切り廻している年寄の女は店先に出て隣の女房と立ち話しをしている。

お佐太は久松の家では憚りある打ち明け話をしたいようだった。

先だって俳諧の指導に行ったとき、浜藻は夫のある身で諸国行脚を思い立った事由《わけ》を訊かれて、ひとつだけは話している。お佐太がお辛いことというのはそれで、さほど辛いわけではなく久松の家で話しておきねの耳に入ってもかまわなかったのだが。

それは、子を持たぬこととの事情だった。

浜藻は十八の年までは江戸で暮していた。梅夫は次男で家は兄が継いでおり、領主の千五百石旗本久留氏の牛込にある邸内の長屋に一部屋を与えられていたが、商売を思い立って大谷村の生糸を売る店を得た。思いがけない事件で兄が亡くなり梅夫と母の早代と浜藻は、江戸での安楽な暮しを打ち切って大谷村へ帰った。その事件はいたましいもので他人においそれと打ち明けるわけにはゆかない。話してもかまわぬ事由というのは夫の義矩にかかわることであった。

浜藻がはたちの年に境川の向うの相模から婿を迎えた。一人娘とあってはどうしても婿を取って後継を生まねばならない。幼い頃から祖父や父と俳諧に遊んでいたし、長唄三絃書画茶花道お針と習い事が忙しく、また一心に打ち込むたちでもあってそれまで色恋に心を動かしたことはなかった。

梅夫は、友人の姉である三つ年上の早代を見初めて、若すぎるという周りの声に聞く耳持たず十五の年に婚姻をして家を出ただけあって、浜藻にも顔も知らぬ男と婚合《めあわ》せることはしなかった。大谷天神の祭礼に媒人と本人を招いて見合させたのである。

義矩は顔立ちも尋常で背丈は五尺六寸、算用の才もあることが判って浜藻はかすかなときめきさえ覚えたから、嫌な相手ではなかった。家うちの折合もよく、梅夫はすぐ隠居をして俳諧三昧。喜んでいたのであったが若い夫婦に子ができなかった。

三年五年はまだしも、十年を経て子を授からないのは自分が石女《うまずめ》なのだと、鬱々と笑うこともない幾年かののち、どうやら夫の方に責《せめ》があるらしいと判った。

義矩の実家の兄が早くに病いを得て亡くなり、遺児が成人するまで後見として始終通っていた実家の村で、若い女子を囲っていたのだった。薄々は知りながらも、もしそちらに子が授かったなら後継として引き取るつもりでいた浜藻だったが、そちらにもその兆しはなく、暇を取って他へ嫁いだ女子がすぐ妊ったから、義矩はある夜、辛い顔をして浜藻に詫びたものだった。

石女と思いこんでいた自分の辛さと、男として子孫を遺せない夫の辛さを比べて浜藻は優しくなった。今では兄妹同然である。義矩は経営の才があって、村に生糸や油搾りの業を起し、水田の少ない大谷村はおかげで大層歳入が増えたのである。

そのことをお佐太に話したのだった。長旅に出るときも兄が妹を送り出すような、さっぱりしたものだったと。義矩はもう決まった女を囲うことはせず、折々遊里に出没しているらしいことも。

「うちも子を持つことができませんで」

お佐太は俯いて低音《こごえ》で言う。浜藻は頷くしかない。早々と養子を貰ったようだから、子は出来ぬと諦めたのも早かったに違いないが、それはどちらの責であろうか。もしやお佐太が、自分は石女だと思いこんで自らを責めているのではなかろうか。

よく事情を知っている随斎成美が、かかり付けの蘭医に聞いたところによると、何でもお多福風邪に罹った男は種なしになることもあるそうで、義矩はそれだった。

「ご自分ばかり責めていらっしゃるのではないでしょうね。男の方にも理由《わけ》のあることもございますよ」

成美に聞いたと話そうと思ったら、

「いいえ、うちはそうではないと思うとりますのです。うちのひとは、あの、めったに家に居ることが無《の》うて、あの寝所も別なのでござります」

いよいよ頭を垂れている。

「ご大家《たいけ》の奥は皆そのようでございませんか、でもお家にめったにいらっしゃらないのは、どこぞ他処《よそ》に」

暗に菊也も女を囲っているのかと問うたのであるが、

「いいえ、そうではございません。あの、うちのひとは船に乗るのが好きで、その船に水主《かこ》ではない若い者をいつも乗せて」

声が消え入ってしまった。

ああ、と吐息のような声を抑えて浜藻はしばらく言葉が見つからないでいた。衆道、男色というものが寺や武家屋敷でもひそかに行われ、若衆茶屋なども御取締りの下をかいくぐって営まれているることは知っている。

しかし、一時は男色に耽ってものちには妻帯して子を設ける者が多いと聞く。恐れ多い三代将軍家光公もそのようで、乳母の春日局が心を砕いて女子《おなご》に気を向わせ、無事天下の世継が生れたことは皆知っている。中にはどうしても女子を寄せ付けない習癖の者もいて、菊也はどちらかといえばその方であるらしかった。

夜の閨のことが無ければ子が授かるはずもない。お佐太はさぞ口惜しいことであろう。

「お佐太さまも私も、長いこと無駄に血を流したものでございますね」

ええ、とお佐太は漸く頭をあげて、万感の思いを籠めた眸で浜藻を見つめた。

「あの、こんなこと、今迄誰にも話したことはございません。なぜか浜藻さまには聞いて頂きとうて」

「ええ、わかりますとも。決して口外はいたしません。父の梅夫にも」

そう約したが、語らずともうすうすは知れているのではないか、と浜藻は思った。船に乗る者や屋敷に仕えるものはひそかに噂しているだろうが、お佐太の立場を思いやって誰も他家へは洩らさぬようにしているのだろう。

折しも外の小路を四、五人の子供が、何やら賑やかな声をひびかせながら走っていった。

連れ添う相手が違っていたらあんな子供を持てたはずの二人の女は、暫く黙って向き合っていた。

昼の用意を言い付けておいたとお佐太と久松家へ戻った。

おきねと卯吉の話をすることをすっかり忘れていた、と気付いたのは当のおきねに迎えられたときだった。この家うちでそんな話はできない。おきねは大層元気になっていて、蔵から出し忘れたもの、納め忘れたものがあるから開けてほしいと頼んでいる。家中のさまざまな鍵は女あるじが持つことになっているのである。

昼の膳は大ぶりの椀にさらさ汁という白味噌仕立ての汁に、鮓《すし》、煮〆、新香で、鮓と呼ぶ鰯の活きのよいのを酢で締めてきらずを詰めたものが殊の外美味であった。

「これは江戸へ土産に是非作り方を覚えて帰りたいものでございます。このお汁《つけ》も珍しうございますね」

さらさ汁にはしらす干しが入っている。

「鮓の作り方ならおきねが上手、腕自慢をしておりますから喜んでお教えすることでしょう。活きの良い鰯が入りましたらお知らせいたします」

お佐太は、自分も実家《さと》では作っていたけれども此処へ来てからはめったに包丁を持つこともなく、すっかり腕も落ちてしまいましたと淋しげに言うのだった。

千三百坪の屋敷に住んで、何不自由のない暮しというのも内実はつまらないものかも知れない。自分で暮しの手立てを考え、体を動かして工夫する楽しみというものはないのだ。

「私どもの仮住居にいちどお出かけ下さいませ。小さな水屋でままごとのような献立をいたしておりますよ。不自由のようでも工夫する面白さがございます」

お佐太はぱっと笑顔になって喜んだ。

「浜藻さまという客人のおかげでほんとに楽しみが増えました。何か閉めてあった戸が開いたようで」

食後に茶を点てて貰い、次の稽古日を決めて久松家を辞すとき、卯吉が蔵から重たげな大火鉢を運んでくるのに出合った。浜藻を見て嬉しげに白い歯をむき出して笑った。

おきねが蔵の整理に卯吉を使っているのだ。なら何かありそうだと思ったのは考え過ぎかも知れない。お佐太に相談しなくてよかったと胸をなでおろす。

魚の町の店でさらさ汁を作ってみたいと話すと、よく肥えた店の女房がすぐあれこれと材料を調えてくれた。もう顔馴染になっている魚屋で、隣りでは野菜も味噌も売っている。

「味噌は煮立てちゃいけんが。味が悪うなるごつ。それに活きのええ鯖が入っとうよ。酢で〆めちゃあどうかね」

出刃包丁が無いというと女房は手早く鯖をおろして塩も振ってくれた。さらさ汁と〆鯖の夕食で満足した翌日事は起きた。

その日は朝から曇の空であったが、昼前から降り出し、土砂降りとなって部屋の中は夜のように暗くなった。南国の長崎でも神無月となれば朝夕は冷えこむ。火鉢は用意してあったが四隅が冷えびえとして寒かった。

梅夫はこの日も連衆の二、三人と何処やら遊びに行く取り決めをしていたらしいが、雨なので取り止めという使いの小僧が来た。

「今日は巣籠りだ。諸方へ便りもあらかた出したし、久しぶりに吹けば飛ぶよな烏鷺《うろ》でも戦わすとするか」

梅夫が所在なさそうに言う。

諸方へ便りするのは一仕事であった。自宅へはもとより、一茶、尾張の士朗、ここまでの旅で一宿一飯の世話になった各在所の人びと、その相手の数がなまなかなことではない。長崎のくんち祭や風物や名所食物など出来るだけ知らせたいと思うから一通が長文になる。飛脚代だけでも大した散財になった。

吹けば飛ぶよな烏鷺というのは、旅荷に納めた紙の碁盤と碁石のこと。皆紙だから文字通り吹けば飛ぶ。これまで納い切りだった。

梅夫は各地で巻いた歌仙の清書があるし、浜藻は画帳に一枚ずつ風物を写し取るのに忙しい。身の廻りの支度縫物洗濯炊事、俳諧の出稽古などのほか、昨日のように見物もまだまだ行くところがある。碁のことはすっかり忘れていたが、なるほど大雨で昼灯《とも》しするような日には向いているというもの。

梅夫が信玄袋から出してきた碁盤は、折り畳まれた跡が付いてでこぼこしている。

「寝敷きしておけばようござんしたねえ」

「うむ、儂もまるっきり忘れておった。其映さんのところには立派な榧《かや》の盤に那智の石があるが、この雨だしな」

「いけませんよ。あちらへ借りにゆけばあちらのお屋敷でどうぞ、となるでしょう。そうでなくとも迷惑かけすぎなのですから」

「ああ、あっちでとなるとお前の腕では申しわけない。それに奥方が気ぶっせいだ」

「あら、ま」

久松家もそうであるが中川の其映もやたら親切だった。到来物があったと言っては始終何か運ばせるし、風呂を立てれば呼びに来る。火鉢じゃ寒かろうと行火も貸してくれる。其映は梅夫と二つ違いで楽隠居の身分だが、その妻は少し痩せ型の気性のはっきりしたひとで、家うちの一切をまだ嫁に渡していないらしく、若い方の、といっても三十近い当主の妻は、時々浜藻に愚痴ることがある。

旅の者、仮の住いでいずれは他国へ移って二度と会うこともない者には、気易く打ち明けられるのだろう。嫁と姑の間に関わりたくないのでなるべく母屋には行かぬようにしているのだ。

それにしても長崎の人びとはもてなし好きである。他国者にも親切なのは早くから外国人をも受け容れていたお国柄であろう。

「それにな、町の乙名《おとな》、組頭、手代、皆それぞれ御手当てが出るのだそうだ。箇所銀のほかにな。

皆豊かだから人にも親切になるというものだ。長崎のような土地はまず類がない」

梅夫が話してくれたことがある。連日のように出歩いて付き合いが広まっているだけに、梅夫はさまざま聞きこんで浜藻に教える。神社や寺院が多く立派なのは、切支丹を一掃するためにお上が奨励して費用も出したもの。もともと長崎の町を拓いたのは切支丹であったそうで、ご禁制となってからも根絶しにするには大変な時日と厳しい詮議と罰があったのだ。町中では切支丹のキの字も口にしてはならんぞ、と戒められている。

浜藻にもとよりそんな気はないが、マリアさまという女の神さまを信仰する切支丹とは、どんなものか知りたくもある。命をかけてまで守る信仰とはどのようなものか。

「私ならすぐ転びますでしょうね。痛いのも死ぬのも嫌ですもの」

梅夫は笑って、

「そりゃあ儂だってそうするだろうが、しんじつ神も佛も信じておらぬからではないか」

「信じるのは心の中でしょう。口先や形で転んでも心は変えなきゃよろしいじゃありませんか」

ふだんの暮しでも本音と建前は違うのだから、外側だけお上の言いなりになっていれば済むこと。神も佛もすべて見そなわすのであれば、しんじつの心を判って赦して下さるはず、と浜藻は言ったものだった。日の本でも日蓮宗や真宗の法難はあったのだ。神佛は人を救うはずのものなのに、その名のもとに多勢死なせるのは間違っている、と思う浜藻である。

五十嵐の家は臨済宗なので宗門の禅林寺というのへ参詣してお経をあげたのだが、先祖の供養の心はあっても佛のために死ぬことはできない。

梅夫はもとより俄出家だから信心がさほど深いわけではない。

「しかし、だ。人の心の闇というものは人では救えぬ。神であれ佛であれ目にみえぬ大きな力のあるものを信じて救われたい、というのは皆思うておるのではないかな。また現世の暮しが辛くきびしいものであれば、せめて来世は極楽にと思うのも無理ないことだ」

「あの男の心の闇も救われるでしょうか」

梅夫はむっと口を結んでそれには答えなかった。

あの男、というのは浜藻にとって一時義兄となった者のことである。

梅夫は次男で、五十嵐の家は兄が継いでいた。兄夫婦にも娘が一人だったから養子婿を迎え子も二人生れていたのだったが、この婿が酒乱だった。ふだんは温和しいのに酒が入ると人が変る。江戸にいた浜藻は実際にその場を見たことはなかったが、躰の逞しい大男で暴れ出すと手が付けられないのだそうで、家では飲まないようにしていても、一ト月に一回は外で飲んで来て妻子に乱暴する。怪我を負わせることがあってとうとう離縁となったのだった。

浜藻が十八の年の六月。蒸し暑い日が続いていた。朝早く大谷村から急飛脚が来て、大事《おおごと》だ、婿が斧を持って殴り込みをかけ、別れた妻子と当主夫妻をみな殺しにした、と告げたのだった。

当人は首を縊ったという。

世の中にはこんなに怖ろしいことも起こり得るのだ。番茶も出花という十八で縁談《はなし》も一つ二つあり、きらきら輝いていた暮しが一挙にでんぐり返しに合った。取るものも取りあえず大谷村へ急いだ両親は、事が一ト通り片付くまで浜藻を江戸に残しておいたから、すさまじい有様を見たわけではない。

さまざまの面倒事を片付けて、五人の葬式を出す日に浜藻は帰ったのだが、母屋は畳が取り拂われ、建具も外され、盛大に何か燃やしたあとのいがらっぽい匂いに満ちていた。

人の心の深淵というものを初めて覗いた。あの何事もなく接した義兄が魔を棲まわせていたのだ。惨たらしい有様を見はしなかったものの、一時は母屋が禍々しくて足を入れることもできなかった。別棟の客殿に暫く住んで造作をすっかり新しくした母屋にお祓いをしてから移り、二年経って婿《むこ》取りしたのであった。俄に村の名主となって忙しい父母のためもあり、このような事件の起きた家に来てくれる人はありがたいという心もあってすぐに縁談は承知した。

梅夫も早代も、表向きはともかくそれからは心の奥にしこりを持つようになった気がする。救われたのは、婿に村役を譲って梅夫がまた江戸にでるようになり、俳諧衆との付合が始まったことだった。

付合というのは面白い。男女老若を問わず、身分貧富もよそに置き、全く見知らぬ者であっても挨拶の付け合いが始まれば身内同然になる。歌仙一巻の中に森羅万象古今東西の事象を詠み込む。天地《あめつち》の移り変わり人の心のうつろい、皆一巻の中に捉えて紙の上にかりそめの乾坤《けんこん》を打ち立てる。

一巻の中には恋の座というものがあって、連衆の興の盛り上がるところである。芭蕉翁は「恋句大切」と申されて実に恋句の名手であった。何時の頃からか『芭蕉翁七部集』という撰集が出来、版にもなったが皆それを引き写し、およそ諸国の俳諧衆で写本の七部集を持たぬ宗匠はいないくらいである。

芭蕉翁の付合の中には、やんごとなき辺りから下女まで、遊女や若衆も馬方も恋の座に生きいきと現われてくる。

浜藻は、江戸で随斎成美の一座に何度か加わってその面白さに病みつきになった。初めは祖父に発句の手ほどきをされたのだったが、発句は自分からはなれられない。付合では男にもなれるし古《いにし》えの宮廷女房にもなれるし、『諸国往来』で見知っているだけの遠い土地にも行けた。それに、一座連衆と付け合っていると「にんげん」というものがよく判る。人の心が透けて見えるのだ。

旅に出たい、もっと多くの人と付合を重ねてみたいという思いが兆したところへ、享和元年一茶に出合ったのである。

小柄で肌が赤茶けて畑から転がり出たような風貌の一茶だが、六年も西国行脚してきたその語りは面白かった。長崎にはさほど滞留しなかったらしいが、聞き覚えた阿蘭陀の言葉を「マタロスが故郷《ふるさと》を泣く盆の月」などと詠んでみせたものだ。マタロスとは水夫のことだそうだ。

父娘に旅立ちを思い切らせたのは一茶であるが、その前に梅夫も浜藻も大谷村が重苦しかったのである。一家みな殺しに遭った家という烙印がべったりと貼りついて消えない。

お佐太に話さなかったもひとつの理由《わけ》がこのこと。世の無常や人の心の測り難さを知ったことが、いっそう旅への思いを掻きたてた。ひそかに人の心の闇を覗いてみたい、という不遜な気持が浜藻の中にある。

「どうだ、久しぶりだから風鈴も付けるか」

梅夫が四隅を文鎮や硯で抑えた紙の碁盤を見ながら言う。浜藻はいつも四目置くのであるが風鈴はその四目に更に四目付けることだ。お佐太に碁将棋は出来ぬと言ったのはからきし下手だからだ。

「あら、とんでもない。久しぶりはそちらも同じ。返り討ちにしてさしあげますよ」

苦笑いして黙ったところをみると、梅夫は俳諧だけでなく囲碁にも遊んでいたらしい。

「あのな、吾友さんはこれが好きでな。いつも付合半分、石打半分」

腕前はまあ互角で勝ったり負けたりだからもう止められないのだ、と言う。

「何でも菊也さんは格段に強いのだそうだ。戻られたら一局ご指南願いたいものだ」

「まあ、ではそれこそ四目風鈴つきで」

笑いながら浜藻はお佐太のことを思った。一ト月ぶりに夫が帰宅しても、閨のことがないのであればおなごの身として淋しかろう。

「久松のお家に御子が出来ぬのは、うちとはまた違ったわけがあるようですね」

「そうらしいな。ま、人はさまざま。あれも人間、これも人間」

梅夫はもう聞き知っているらしかった。

そのとき、土砂降りの雨音にまじってとんとんと裏戸を叩くのが聞えた。

「おや」

「何だ、この雨の中を」

空耳かと思ったが梅夫も聞きつけて、身軽に立っていった。六畳と四畳半に勝手元の狭い家である。戸の前で誰かと聞いている。

「何、うむ、卯吉か」

え、卯吉、と浜藻も立っていった。

梅夫がくるるを引いて戸を開けると、濡れそぼった蓑笠のお化けのような大男が立っている。雨で外も薄暗いからぎょっとするような姿だった。立ちすくんで俯いている。

「ま、卯吉さん、どうして」

浜藻は梅夫に目くばせして前に出た。時折用を頼んだり字を教えたりしている。梅夫はあまり口を利いたこともない。

「吹き込むから中へ入って。びしょ濡れじゃあないの」

呼ばれもしないのに大雨をついてやって来るからには、何かよほどの事があったのか。面倒なと思いはするものの放ってもおけない気がした。ぶるぶる震えているようでもある。

「濡れそぼってつべたくなっておろう。どれ火でも焚くか」

蓑笠を脱がせ半纏《はんてん》も股引《ももひき》も濡れた男を、粗朶《そだ》を焚きつけ竈の前に坐らせた。

「こんげん面倒かけて申し訳なかごつ」

漸く口をひらいた卯吉が、ぼつぼつと語るところによると、この日朝から卯吉は船の掃除に雇われて出かけた。船の掃除といっても舷と船底のフジツボを掻き落す仕事で、昼までやっていたが大雨になったので打ち切って戻った。昼の飯は船方から出た。濡れて戻って体を拭き、朝早かったから火を焚くよりも寝床で温もろうと思って敷きっ放しの蒲団に入った。すると枕の下でごつんと固い物がある。何だろうと枕をどかすと、

「こんげな物が置いてあったでごわす」

内懐に押し込んでいた、黄ばんだ手拭で巻いたのをほどいて見せた。

「おお」

「ま、これは、たしか亀女の」

それは見事な銀細工の香炉であった。

くんちの庭先飾りに久松家の蒔絵簞笥に置かれてあったもので、三十数年前に亡くなった亀女という銀鋳造師の作と聞いた。亀女は紺屋町の細工師周悦の娘、女ながら父譲りの技を能くし殊に香炉を得意として、大金を投じて求める富裕な者が争ったほどだという。

ふくらまった鶉《うずら》が首を廻して振り返っている意匠で、嘴《くちばし》、眼、羽根の一枚一枚と全く吐息の出

るような細工である。いま、卯吉の煮染めたような手拭の中で榾火《ほたび》の光にきらめいている。

梅夫も浜藻も唖然としてしまった。ここまで話すのに言葉数の少ない卯吉のなまりのせいもあって、かれこれ半刻もかかっている。一体何の話かと内心阿呆らしくもなっていたところだった。

「どうして卯吉さんの枕の下なぞに入ってたのでしょう」

「こんなお宝、卯吉は見たことも触ったこともなかろうに」

ところが、昨日それを見た、見せられたというのだ。蔵から重い物を屋敷に運ぶのにおきねに呼ばれた。蔵の中でおきねが桐箱に入っている香炉を取り出して、これは大層高値のものだといって見せたそうだった。

「おきねさんが」

浜藻は昨日おきねが卯吉に用をさせているのを見て、これまで卯吉に対するおきねの態度に不審を感じていたのを打ち消したことを思い出した。卯吉の小屋へ走って枕の下に置いたのは十中八九おきねに違いない。

しかしお佐太には何も話してないし、梅夫にもそんな些細な不審なぞ告げていない。いきなりおきねを名指しするわけにもゆかない。

「でも、私たちのところへ持って来たのはどうしてなの。まっすぐ久松のお家にもっていってもよかったのに」

「いや、こんなものが枕の下に入れてあったは誰のしわざにしろ久松の者に決まっておろう。そこを卯吉は考えたのだな」

梅夫の言葉に、卯吉はほっとしたような顔で頷いた。何ひとつ教えて貰ってはいないが頭の悪い男ではないのである。

「さて、どうしたものか」

梅夫が唸っているあいだに、浜藻は番茶を淹れた。中川の其映の妻に貰った手製のおこしも出した。このおこしは、残った飯を洗い上げて干し飴《あめ》で固めたものである。

「で卯吉、お前、久松の家の雇い人で誰ぞに恨まれてでもいるのか、思い当ることはないか」

梅夫に問われても卯吉は首をかしげるだけであった。あまり付き合いがないと言う。船に乗っていることが多いし、陸《おか》にいるときはたまに力仕事に呼ばれるだけである。船頭たちから日雇いに呼ばれる方が多い。皆の名もよく知らぬくらいだが、おきねは屋敷の采配を振っていて女子衆が呼ぶので名は知っている。恨まれるより親切にされることが多い、誰か知らぬが肌に付ける下着や食物を置いて行ってくれる人がいる。

「ほう、そんな人がおるのか。なら同じ人かも知れんぞ。しかし事もあろうに、盗んだ物を置いてゆくとは。売って金《かね》にしろというのか、いやすぐ足が付く」

梅夫は、卯吉には売る手だても思い付かぬだろうに、とあれこれ考えを廻らせている。

「ともかく、これをどうするか決めなくては卯吉さんが困るでしょう」

浜藻は、おきねのしわざと解っているが、今ここで言うわけにはゆかない。解らないのはそんなことをするおきねの心である。梅夫の言うように大事の飾物を置いたのでは親切ではない。失くなったことが知れたらどうするつもりなのであろう。

「そうだな。卯吉が久松に持って行ったのでは、出来心で盗んだと思われかねないな。これはひとまず預って、浜藻お前がかくかくしかじかとお佐太どのに話すしかないだろう」

「そうですね。明日にでも雨が上がれば行って参じます」

それにしても、と何か浜藻は気がかりだった。虫の知らせだろうか。

「では、ね、卯吉さん、今日は雨なので仕事が出来ないから、私のところへ手習いに行った、ということにして知らぬ顔してお帰りなさい。誰ぞ来て何か問われても知らぬ存ぜぬで通すのですよ」

なんでだ、と不審げな梅夫に、後で話しますからと目顔で抑えて、竈の火で着た物が乾いた卯吉に、二、三枚いろはを書かせた。

香炉を置いた者は、卯吉が昼に戻って寝床に入るとは思っていなかろう。何も知らずにいて万一探しに来られれば、知らぬ存ぜぬと言っても物が枕の下から出たかぎりは盗んだと決めつけられても言い様がない。卯吉の小屋に探しに来るなら誰かの告げ口があるはずで、大雨でなければすぐにも行ってみたいもの。

手習いの証拠を持たせて帰したあとで、浜藻はおきねの卯吉に対する不審な様子を、はじめて梅夫に語った。

「ふむ、何故だ。あれが普通の様子ではないから嫌うておるのかな。だが、その何たらいう若い女子衆が食物を届けるのを見たのが本当ならちぐはぐじゃないか」

「ええ、それに昨日、蔵の中に卯吉を入れたのもおきねさんですし」

「あれは、卯吉は見た目はともかく盗みをするようなたちには思えん。しかも盗むに事欠いて銀の家宝物なぞ。芋の煮たのでも盗むなら判るが」

「卯吉さんじゃあないでしょう」

浜藻はおきねの仕組んだことだと察しているが、そこまでは梅夫にも言わずにおいた。

「ま、明日行ってみれば判るだろう。久しぶりに揉んでやろうと思うたにとんだ飛入りで」

卯吉の脈絡のない話から筋が見えるまでずいぶん時を費やし、雨足も漸く小降りになったようである。浜藻は夕飯の支度に取りかかりながらお佐太に何と話したものかと考えていた。梅夫は折角出したのだからと詰碁をはじめていた。


翌朝、折入ってお話があってと、短い文を書いて町飛脚に久松家へ走らせた。

北馬町は飛脚問屋荷問屋が軒を並べているので簡便だった。行く約束のない日に訪ねるのだからやはり問い合わせねば、と思ったのだった。この町に住んでいるのならふらりと訪れてもよかろうが、いくら親しくなったとしてもこちらは旅の者、その辺はきちんとしたかった浜藻だった。

折返し返事があり、それには、ご叮嚀なことでござります、何時《いつ》何刻《なんどき》でもお出で下されませ、一寸家中がごたついておりますがそのことにも御知恵お借りしたく存じそろ、とそう達者というのではないがまず手習いの跡がうかがわれる筆で書いてあった。

家中がごたついているというのは、銀香炉の紛失が判ったからかと浜藻は思った。

思いがけないことに、訪れてみるともう卯吉は捕らえられて物置に押し籠《こ》めてあったのだった。

そんなことの次第は知らぬ浜藻は、いつものように出迎えた女子衆やおきね、お佐太に朗らかに挨拶した。

「ひどい降りでしたが、きれいに上りましたねえ」

「はいほんとうに今朝はよいお天気で暖かい小春日和でござります」

座敷に通された浜藻は、茶菓が運ばれるまで如才なく急の訪れを詫びたりしていたが、おきねが茶をすすめると改まってお佐太に、

「不躾でございますが、お人拂いをお願いいたします」

背を正しくして言った。二人ともはっとしたようであった。

人拂いといってもこの座敷に来るのはおきねに決まっているのだから、おきねに聞かせたくないと言ったも同じ。おきねは俯いたまま静かに下がって襖を閉めていったが、どんな気持ちであったか。

「何でござりましょう」

お佐太もいぶかしげな面もちだった。

「はい、今申しあげますが、先ほどのお返事にお家中で何か取り込みがあったように書かれておりましたこと、先に伺えないでしょうか」

「はあ、あのそれは」

お佐太は少し言い淀んで、

「取り込みというのほどのことでもございませんが、やどの人の留守中ではあり、始末をどう付けたものかと思案しております。それは家の大事の品がひとつ紛失いたしまして」

ああやはり、と浜藻は思った。

「その紛失物はこれではございませんか」

風呂敷包みをほどいて亀女の香炉を取り出すと、お佐太は吃驚してまあ、と高い声をあげた。

ふと浜藻は立って足音のせぬように襖のところへ行ってそっと開けた。案の定、すぐ外に俯いておきねは座っている。はっとして見上げたおきねの眼はうるんでいたが、深く辞儀をすると走るように向うへ行った。

「あの、何か」

お佐太が尋ねるのへ、

「いいえ、、何でもありません」

浜藻は坐り直した。

「どうしてこの香炉が浜藻さまの手に、あの誰ぞ売りつけに行きましたのでしょうか」

浜藻はゆっくり言葉を選びながら、卯吉の話を一部始終伝えた。そして卯吉には盗む暇のなかったこと、おきねが見せたことの不審、卯吉にはこういう物を手にしても売る算段などないこと、だから誰か卯吉を罪に落そうと謀《はか》ったとしか思えないことを丁寧に話した。お佐太は頷いていたが、

「どうしましょう。卯吉が盗んだのだと投げ文がありまして、残っている男衆が卯吉を捕らえて押し籠めてあるのでござります」

お佐太が語るには、紛失に気付いたのはやはりおきねで、何か用を思い出して蔵に入ったら香炉の桐箱が床に落ちていて中味がない。失くなった盗まれたと言うのでお佐太も蔵へ入って探してみた。見当らぬのは香炉だけであった。

家のあるじの留守にこんな事が起きては困る、母屋の町年寄当主には知られたくない。どうしたものかと考えていると、夕刻近く、下女のひとりが勝手の土間に結び文が落ちていたと持ってきた。それには下手な字で、こうろはうきちがとった、と書かれていた。

おきねに見せると、そう言えば蔵の整理の手伝いをさせたとき、香炉の箱も卯吉は見たようだと頷き、すぐ家探しした方がよいと自分で駈け出さんばかりだった。折から雨も降り山し、おきねは思い止まらせて男衆二人を卯吉の小屋へやったのだ。一間きりの道具も何もない小屋だから家探しというほどのことはなく、竈の灰まで浚えているところへ卯吉が戻ってきた。責めても知らぬと言うばかりなので白状するまで飯は食わせぬとこちらの物置に引っ張ってきて押し籠めた

のだそうだ。

「可哀想に。あれは口が重いようですから、言わなかったのでしょうが、昼まで船の掃除に雇われていて、昼からは私のところで手習いしていましたのよ」

「そうでございますか。うちは男衆に任せて調べには立ち合わなんだので、あれが何と申し立てたかも存じません。でもいったいどうして卯吉の小屋にこれを」

「その詮議はのちのことにいたしまして、押し籠めを解いてやって下さいませんか」

ええそうですね、とお佐太は立ってゆき、しばらくして、

「今連れて来るそうです」

と言った。浜藻も立って広い土間に面した板敷へ出て待つ。女子衆も皆立ち並んだ。

ほどなく連れてこられた卯吉は、目も当てられない無惨な有様だった。着ているものを脱がされたらしく、後手に縄で縛られている。襦袢と下帯で泥まみれの躰が寒さに震えており、顔は膨れ上って乾いた血がこびりついている。男衆は二人だけだったが相当手荒く痛めつけたものだ。

立っていた女子衆が皆ひいっという声をあげたとたん、ばたっと大きな音がして、振り返ると土間に倒れているのはおきねである。

「あれ、まっ」

女子衆が駈け寄る。浜藻は差出がましいとは思ったが、お佐太も卯吉を見、おきねを振り返り度を失っている様子だったから、

「失せ物はあるところから出て来たようですよ。卯吉さんに罪はないのですから縛めを解いて着るものや傷の手当てをして下さいな。おきねさんはあまりひどい様子を見て気が遠くなったのでしょう。部屋へお連れして水をあげて」

へえ、と男衆はさすがに恥入った様子で縄を解き、一人は自分の法被を着せかけてやっている。女子衆は二、三人でおきねを抱えあげたが、もう気がついたらしかった。

「そないに痛めつけよとは言わなんだのに、早う傷の手当てをやっておくれ。卯吉、知らぬこととは言え済まなんだ。勝手で温かい飯や汁を貰うとええ。庄三、仁平、後始末きっちりせんとあかんで」

お佐太が打って変った強い口調で言い、年かさの二人の男衆はへえと頭を下げた。

卯吉の眼に安堵の色が浮かぶのを見てから、浜藻はお佐太に言った。何かわけありと見たのであろう、お佐太はお願い申しますといい、女子衆に台所の支度を言いつける。浜藻は支えられて部屋へ向うおきねのあとを追った。勝手の奥にある部屋で、おきねは一人で一部屋貰っているのだろう。廊下側に障子があるだけの箱のような部屋ながら、押入れもあり小簞笥や鏡台針箱など女らしい道具に、みな端裂《はぎれ》を縫い合わせた覆いがかかって部屋に色どりを添えている。

女子衆が蒲団を敷くのを待って、浜藻は部屋に入った。

呆んやりしていたおきねは漸く浜藻に気付き、

「あっ、浜藻さま、こげなとこへ」

と慌てる。女子衆に白湯を頼み、

「私が介抱を買って出たのですよ。いつかおきねさんとはしみじみ語り合うてみたいと思うていましたし」

横におなりなさいなと言ったが、おきねは躰が固まったようにじっと動かなかった。

おきねには白湯を、浜藻には大ぶりの湯呑に番茶が届けられ、他にご用はと聞くのへ、

「いえ、暫くおきねさんと二人っきりにして下さいな」

と女子衆を遠ざけた。

「おきねさん、卯吉は私のところへ、枕の下にあったという香炉を持ってきたのですよ」

固まったままのおきねの躰が、小きざみに震えだした。

「お佐太さまには内緒にしますけどね、枕の下に入れたのはおきねさんでしょう」

わ、わ、わと言葉にならない声をあげておきねは泣き伏した。

「あれが、あれが、おらんようになってくれたら、と」

しゃくりあげながら絞り出すように言う。

「罪を得て所払いか遠島にでもなれば、自分の目の前から消えてくれると思うたのですね」

おきねは首をがっくりとして頷いたが、ふとかおをあげて、

「浜藻さま、どうしておわかりに」

と怯えたような色を見せた。

「ああ、私はね、人の心が読めるのですよ。崇福寺の飛耳《ひじ》長目《ちようもく》ではないけれど、千里眼かも知れませんね。うふふ」

浜藻が笑うと、おきねは度肝を抜かれた顔つきである。

「いえ、それは冗談ですけれど、おきねさん、私にも辛いおそろしいことがあったのですよ」

浜藻は真顔になって、これはお佐太さまにも話していないこと、人には知られたくないこと、と念を押してから、五十嵐の家に起きた無惨な一家皆殺しの事件を語った。

「ですからね、世の中はほんとに一寸先は闇、人の心にも闇があって何が起るか知れたものではありません、間違いや不運なことがあったとして、それをどう乗り越えてゆくかが人の器量。おきねさん、卯吉はあなたが産んだのではありませんか」

おきねはまた、わっと肩を震わせて泣き伏した。

浜藻の言葉に心を動かされたというよりも、胸の内に長く秘めていた辛さが捌け口を求めていたのだろう。きれぎれに、ためらいながら話したおきねの過去は痛ましいものであった。

おきねは西浜より南へ下った国分という在所の、自前の船を持つ漁師の娘であった。父は腕の良い漁場に目の利く男で、水揚げも多く家作も持っていたから何不自由なく育った。

芸事も一ト通り習い読み書きそろばんお針と嫁入り支度は調っていたが、二十歳《はたち》まで嫁入りしなかったのは相手が皆漁師だったからで、おきねは海に出ぬ仕事を望んで断りつづけていたのだった。漸く荒物問屋の次男が暖簾分けするのに嫁ぐことが定まった年の秋も終りの頃、大嵐がこの港町を襲った。

　高潮が激しく流された小舟もあるという夕方、おきねは飼猫を探しに雨の中へ飛び出したのである。猫はおきねにしかなついていない。雨戸を立て切ってから居ないことに気付いた。最後に勝手口を閉めた下女が、そういえば外で猫の鳴き声がしたというので、おきねは母が止めるのも聞かず蓑を引っ被って雨の中へ飛び出した。背中に鯖縞があって足の白い猫は、お縞と名付けてしいちゃんと呼んでいた。

　しいちゃんしいちゃんと雨に負けぬ声で呼び廻っていると、たしかにみゃあと小さな声がする。漁具小屋の方だと思って駈けてゆくと、いきなり黒い大きな人影が立ちふさがった。

　おきねは、浜藻に猫のことを詳しく話したのにそのあとは語らなかった。強いて詮索するような事ではない。

「それで、たった一度のことなのにややさんが出来たのですね」

「はい、縁談《はなし》も断って一年がほどは気鬱の病いといって家に引き籠っておりました」

　漁具小屋で気を失っていたおきねを見付けたのは母で、おきねは惘《ぼう》っとして何も覚えていなかった。月満ちて産んだ子は見せて貰えずその先どうなったかも教えられなかったが、産婆や下女たちから次第にいきさつは知らされた。

　人並みの暮しは諦め、伝手《つて》があって久松の家に勤めて読み書きや一ト通りの芸事も出来るところから重宝されて今にいたっている。卯吉を見たときは吃驚し、教えられないのにその子だと判った。

「哀れだと思う心と、露見したらどうしようという怖れのせめぎ合いで、辛かったのでしょうねえ。でも卯吉に罪はないのですよ」

耐え切れなくなったのは浜藻さまのご用などして、以前より目に付くようになったからだとおきねは恨みがましく言った。

おやおや此方にお鉢が廻ってきたと思いながら、嫁に入って子を持つ人並みの暮しを諦めた女が、やっと築きあげた居場所を失う怖れから生んだ浅知恵を、笑うことはできなかった。長崎は狭い町だ。事が知れて後ろ指さされたならば生きてはゆけまい。

おきねはすらすらと話したわけではなく、途切れ途切れで前後するのを辻褄合わせながら、昨日は卯吉、今日はおきねと止むを得ず買って出たことではあるが、とんだ荷を背負いこんだものだと思う。

「卯吉さんは利発なところがありますよ。人とあまり交わらないから口利きはとろいようですが、性質《たち》は素直で教えれば何でもよく覚えるのです。このことは私の胸ひとつに納めて、いずれはまた旅にでますから、おきねさん、うろたえないで小細工せずに知らぬ振りをしていなさいな。雇人に優しい人だと評判が立てば、卯吉に親切にしても当り前になるでしょう。お佐太さまには何かの間違いと取りつくろっておきます」

くれぐれも久松のお家に迷惑がかかるようなことをしてはなりませんよ、と釘を差して浜藻は長い話し合いを終えた。かりにも町年寄の家から縄つきを出したり人死《ひとじに》があったりしては家門に傷が付く、のちのちお役目にも差し障りがあるやもしれぬ、と少しおどかすような物言いをしたのは、おきねが自分の浅はかさを思い詰めて身投げでもしないものではないと危ぶんだからだった。

「おきねさんはまだ本調子ではないようですよ。血の道でしょうかしらねえ、暫らくは目を離さないで夜も一人にしない方がよろしいかと思います」

長い話し合いを不審に思っている様子のお佐太にそう言って、浜藻は久松家を辞した。お佐太には、いずれまたの折に、と含みを持たせた挨拶をしたから、近々にもどこぞへ見物の誘いが来ることだろう。

日の短い初冬の、もう仄暗くなった道を急ぎながら、浜藻はあれこれと思いめぐらせた。お佐太は夕飯の支度も間に合わぬだろうと重箱やら鉢やら男衆に持たせて供をさせたのである。道々考え事に耽っても大丈夫だった。

おきねの場合は尋常ではないが、長崎では切支丹がご禁制になる前には、あいのことというのも幾人か生れたと聞く。唐人とのあいのこは肌の色が違わぬから一寸見には判らないし、日の本の名を貰って普通に暮しているのも多いそうだ。

くんちの折の阿蘭陀桟敷で目近に見た異国人は、肌の白さ髪の色目の色が皆違っていた。白といっても、浜藻も七難隠すほどの色白であるが白の気味合いが違う。自分の肌は言ってみれば生絹《すずし》の白だが、異国人は小麦の粉のような白さだと思う。それと同じに、陽灼けでまっくろな男は漁夫に多いけれども、卯吉の肌とは気味合いが異なる。泥を溶かしたようなのと、墨を流したような違いというか。卯吉はともかく水主としてなら無事に働けるだろう。おきねは気を取り直すことが出来るだろうか。

その嵐の一夜の災難の元の男はどうなったろう。出島の異国人は本土へ渡ることを厳しく禁じられている。見つかったら打首かしらん、こちらの代官所で罰するのか出島の中で刑がきめられているのか。卯吉の年からすると十九年前の嵐。お佐太は知らないであろうし菊也には聞けない。

――そうそう、馬印さんが代官所の書記だったとか。父にさり気なく問うて貰えば。うっかり下手な訊き方をしておきねさんのことがばれても困るし。

しかし浜藻は、耳にした上はとことん知りたいのであった。知ってどうなるものでもないが困った性分である。

町の家々には火が入って、魚を焼く匂い、醬油を炊きしめる匂いなどが漂ってくる。冬でも枯れない山々は黒く沈み、月の出にはまだ間がある。昨日の大雨はどこへ行ったか道筋はもう白く乾いて、下駄が小気味よい音を立てた。浜藻は一句浮かんだ。

神無月こころの闇をのぞきけり

其の四

枯尾花

ほぼ一ト月ぶりに船に乗った。

西浜の久松家の桟橋から、湾を横切って向う岸の稲佐《いなさ》山の麓までという、ごく、僅かな航路ではあったが、何となく船の揺れがなつかしい気がするのはふしぎだった。

船も久栄丸に比べたら木の葉のようなもので、隅田川を渡る猪牙舟を思い出すくらいであるが、屋根囲いして火鉢も入れてあって潮風の冷たさが苦にならない。桟橋から板を渡して乗り移るので小袖着料のまま裾をからげる。昨日帰着したばかりの菊也と梅夫、其映が一緒である。

神無月十二日、芭蕉翁の忌を営む時雨会《しぐれえ》が稲佐山麓にある馬印の生家で催されるのだ。

馬印は其処で育ったが勤めのため長崎の町なかに居を構えた。生家の老父母が後年相次いで亡くなり、家が空いている。馬印も町なかの家は後継がいるのでいずれ生家に戻る。今日の興行を不便な向う岸にと申し出たのは、連衆に家を知って貰い、移り住んでも訪ねて欲しいと言う願いがあるからのようだ。連衆もおおよそは察して別に不平を言う者も居なかった、と其映が話していた。

「お疲れでございましょう。帰着なされたばかりでご出座とは」

少し日灼けの薄れた菊也に向って浜藻は言った。菊也はあまり甲板に出なかったのか、肌の色もだが洗ったような皮膚が艶々している。隠居とは言い條、三十六歳のいわば男盛りなのだ。

「いや、私が用あるのは積荷と荷卸のときだけでしてな。あとは人に合うて談合するばっかり、船は水主任せ、別に疲れるほどのことはあらへんで、大変なのはこのあとでごつ」

「え、このあととは」

菊也の言葉に大坂訛が混じるのを微笑して聞きながら梅夫が問うた。

「役所と目付が細こう調べるよってに、いちいち立ち合うて荷おろしに時と手間がかかる。こっちから運んだ羅紗なんぞの値が役所の見積りより低うなって、その理由《わけ》を納得させるのがまた大《おお》事《ごと》。何せ銀の値が上ったけん」

「ほう、そうですか。儂らには測り知れんご苦労もあるのですな」

久栄丸も松栄丸も官船ではないが、長崎代官所の官船は江戸に向っているところで、船旅は風任せ、久松家は町年寄の身分から半ば官船のような働きをしているのである。

「大坂は如何でござりましたか。俳諧の座はお持ちになりまして」

「おお、そうだった、儂のことは後にして目出度い知らせがあるごつ。何と朝廷から芭蕉翁に飛《ひ》音《いん》明神、飛ぶ音のひいんじゃが、そういう神号を授けられたと、京でききましたぞ」

「えっ」

「ほほう、飛音明神、飛音というと」

「それ、古池や蛙飛びこむ水の音、から取られたものでごわす。柿本《かきのもと》を継いだ蒼虬《そうきゅう》が頂いてきたそうだ」

「それは今日の時雨会に何よりのことですな」

其映も梅夫も膝を打って破顔している。

——芭蕉様が神さま。

浜藻は少しそぐわない心地がした。俳諧は連歌から生れて、連歌では詠めない市井の暮しを詠み、女子どもさえ自分の作を版本に刻んで世に出せるようになった。その市井のものというところがありがたいのに、蕉翁が神さまと崇められるようになると、また俳諧が連歌のように格式ばってくるのではないか。

「でも、なにか芭蕉さまが遠くなったような気がいたします」

思わず口に出すと、男達は笑った。

「ほう、ばってん浜藻さんはこれまで蕉翁とお近づきだったごとある」

其映がからかう。菊也も笑いながら、

「いや、朝夕蕉翁の付合や発句に親しまれておるからであろうが。日夜句を唱えていると親戚のように馴染んでくることもあろうのう」

そう言い、ついで蕪村が三日翁の句を唱えざればロにいばらを生ずる、と書き遺していることを口にした。

「神さまゆうても蕉翁に変りはないわけで、それ南無阿弥陀佛と唱えるごと句を唱えよとゆうことかも知れん。しかし俳諧が世に広まるには何より目出度い知らせですな。儂らがこうして旅を続けるのも芭蕉さまの遺徳あればこそ」

梅夫はとりなした。浜藻の考えることとは少し違っているが、浜藻は頷いた。

「ほんとにそうですねえ。私、何だか芭蕉さまの身内のような気がしていたのかもしれません。もったいないことですが」

「ああ、蕉風を慕う者は皆身内。ならばこそ時雨会を修するわけだ。あ、あれは佐賀藩の船か」

菊也が粗い板囲いの隙間に目をやって言った。どれどれと覗いてみると、上り藤を染め抜いた帆を立てた千石船が、引舟に曳かれてゆるゆると平戸港に入ってくるところだった。出島の鼻を大きく廻ると次の岬に、肥前肥後の藩屋敷が並び舟着場がある。更にその先の鼻には御米蔵があって、いつも大小の船が行き来し、帆印や幟の色意匠もさまざまで見飽きない。

浜藻たちの小さな船は港を横に間切りながらゆっくり進む。船頭は二人、久栄丸に乗る水主たちとは別らしく、見覚えのない少し年かさの船頭だった。引舟の数といい、この長崎の町の半分は船乗りではないかと思う浜藻であった。それにしても深い入江である。岸が迫ってくると蒼黒く生い茂った山の樹々が手に取れそうなほどだ。

ワレ石という二つの岩を目印とする小さな浜に船は着いた。

馬印の屋敷は急な坂道を上った見晴しのよい高台にあって、さほど大きくはないが武家屋敷のような構えである。後で知ったことであるが、馬印の先祖は元大友藩に仕えていたという。切支丹大名の大友氏が取潰しにあってのち移って来た者は多いと言うことだった。

屋敷の玄関に立つと紋付羽織袴の馬印が四角張って出迎えた。落着きの間にはすでに四、五人の連衆がいて、知る顔も知らぬ顔もある。菊也も其映も荷を持っていて、進物と袴のようであった。姿を消してすぐ現われたときは仙台平の袴を着けていた。皆黒光りする羽二重の紋付で殊にも其映着料は一目で極上物と知れる。

僧衣に頭巾の梅夫と小紋小袖の浜藻は異色で、皆の視線があつまった。隅に坐ろうとすると、

「不便な所へようお越しなされた。さあ、ずんと中へお出であれ。挨拶は皆揃ったところで交すとして、あと四、五人待たれませ」

馬印が先だってとはまるで人が違ったように生きいきとして声を掛ける。家婢であろうか若くはない身なりのきちんとした女が、茶の接待をしている。馬印の妻は病身と聞いていた。そう広くはない家であろう、人声のざわめきや火の燃える匂い煮物の匂いが仄かに感じとれる。

有平糖の菓子盆と唐津焼の湯呑に熱い番茶が供されたところで、

「こちらが江戸からお越しの梅夫さんと娘御の浜藻さんでごわす。夏目成美どのの添状で諸国行脚の途次、長崎までも足を延ばされて嬉しかごとあります」

菊也が紹介し、

「他の連衆の名は巻きながら覚えられたがよかです」

梅夫と浜藻に向けて言う。座が始まって一句ずつ採られた者から名告りをあげる。その方が覚え易いのである。父娘もよろしうにと辞儀をしただけだった。

取りとめない雑談が交されているうち、一人が、

「あんことはどげになったかの。それ持田の家の神隠し」

と言い、皆がおおと言うような顔をする。

「どうやら跡取りと決まったらしか。何せ手がけた乳母が間違いなかというとるけん」

「ほう、十何年経ったとはいえ、無事戻ってきたは目出度かごつ。ばってん弟御はまんだ不足かの」

何やら面白そうな話と浜藻が聞耳を立てているうち、残りの連衆四、五人がまた到着した。三人はやはり黒紋付だが一人は僧衣、一人は医師《くすし》らしい十徳と頭巾だった。

ひとしきりざわめいたのち、馬印が
「ではお揃いになったところで席入りを」

と言い、一同を奥に案内した。

立派な書院造りの十二畳の間であった。一間の床の間に横長軸が掛かって、どうやら蕉翁の真蹟であるようだ。青磁獅子香炉、鶴首の李朝花瓶に侘助の花が寂と活けてある。台盆に小さな黄いろい蜜柑と桃饅頭が盛られて左右に彩りを添えている。

床の間の右手、違い棚の前に素木《しらき》の文台が据えてあり黒漆蒔絵の硯箱と懐紙が載せてあった。座配の役らしい町人髷の三十半ばと見える男が、座布団を並べながら名を呼んで席に着かせている。初めて見る梅夫と浜藻の顔を困ったように眺めているので、

「儂らは末席に着かせて頂きます」

梅夫は先手を打って一番端から二番めに坐ってしまった。

「いや、客人は」

と馬印が少し迷っていたが、浜藻も父親の隣りに坐って、ここでよろしうございます、と言った。

「今日は蕉翁の追善を営まれる長崎連衆の興行でござりますからな。客というより飛入りの迷惑者、お気遣いなさらぬよう」

梅夫の落着いた言葉に、

「まこと殊勝なお申し出でござる」

馬印はこの家に来ると、先祖の武家風が出るようだった。漸く居並んだ連衆は何と十四人の大一座であった。

「床の軸は翁の真蹟のようですな」

梅夫が低声《こごえ》で隣席の人に問うている。隣席は十徳の人である。

「はい、さようで。かの猿蓑筆頭の初しぐれ猿も小蓑を欲《ほし》げ也でごわす。ばってん先ず客人に床

飾り披露するべきでごじゃった」

自分は仁里《じんり》、里で医の仁を尽すという名告りだが、俳諧はまだ初心と言い、

「あの軸は代々去来の庵号を継ぐ者に預けられておって、今日は沙戒どのが病中で借りてきたのでござろうて」

そのとき、文台の前に正座した馬印が、

「配硯」

と声を張った。すると襖を開けてまだ元服前と見える若衆二人が袴姿で、しずしずと硯を目の高さにかかげて入ってきた。上座から硯を置いてゆく。硯は黒漆塗のものと桐の艶出し二種で、十四人分ともなればひといろに揃えることはできないのであろう。

誰かの子息か弟子ごであろうか、若者は何度も行き来して折り目正しく硯を配った。浜藻のまえは桐の箱で蓋に芒と鶉がさらりと描かれている。一礼する若者に浜藻がにっこりすると、首筋だけ白いのがうっすら赤らんで若者は袴の裾を引っかけそうになった。

「では、これより祖師芭蕉翁の祥月命日、追善俳諧興行を営みます。正式《しょうしき》ではのうて略式でござるよってに、執筆役はその座のままで祥禾《しょうか》さんに頼みます」

一人が頷く。隠居らしいが武家の身なりである。

正式俳諧ならば、執筆が文台を持って入座し文台捌きなどの手順があって、宗匠が両脇に居ならび、一句ごとに作法があるのだが、そのへんは省略して、執筆の役目である差し合いへの目配

りを祥禾に頼む、というわけらしい。

さまざまな作法抜きのことが目につくが、これも南国らしいおおらかさというものか、浜藻はむしろ楽しんでいた。夏目成美は足の悪いこともあって正式俳諧興行はやらない。美濃派や伊勢派は作法が大層喧しいのだと聞いている。長崎は去来の流れ、ということは取りも直さず蕉翁の風ということで、翁もめったに正式俳諧興行は営まれなかったのであろう。一巻の出来こそ大事、形ではない心なのだ。浜藻はそう思ってあとで父と話し合うつもりだった。

「発句、草も木もけふの時雨をあるじ哉」

馬印が小短冊を読みあげる。二度繰り返す。小短冊が席を廻る。誰かがみごとな起句でごわすと嗄れた声で言う。一同がおおと声を合わせる。その日の宗匠の発句は下手でも何でも受け入れるものだが、流石に時雨会の宗匠を勤めるだけあって馬印は工夫したのであろう。よい句である。もっとも外は薄陽が射してわりと暖かくなってきた。

十四人ひとわたり顔を並べるまでは順に付けてゆくわけで、付けが進んでゆくのを末席の父娘は待っているほかない。浜藻は付け句と連衆の名を懐紙に書くと共に、手控えにも印象を書き留めた。

脇　　小春の柑子《こうじ》片木《へぎ》に並べる　　蘇十《そじゅう》

と宗匠が唱えて小短冊が廻ってくると、手控えに、蘇十さま、五十年配白髪と書き、風格のあるお方と思っていると、梅夫が仁里にささやかれて、

「儒学の塾を開いておられるそうだ」

とこれも耳打ちしてくれた。

第三は士勲《しくん》、四句めは如松《じょしょう》、五句め月の座は馬寥《ばりょう》、折端は天外《てんがい》という連衆で表六句が揃った。

浜藻は懐紙と手控えを書くので忙しい。

ひょい〳〵と雙六《すごろく》うちの尋来て　　士勲（四十年配武家姿、小柄丸顔）

きのふ求めし馬を牽出《ひきだ》す　　如松（僧衣、五十半ばか、面長眉が太い）

月澄《すみ》て野山も狭くなりかゝり　　馬寥（町人、三十代か、痩せ型）

添水《そうず》の音の何所となくする　　天外（町人、四十年配、怒り肩大きな眼）

表六句が調うまでは皆行儀よく私語もなかったが、宗匠が、

「これで表が調いました。詠みあげます。故障《さわ》りあれば遠慮のう申し出なされ」

と、これまでの六句を朗誦した。脇を付けた蘇十が、

「脇は発句に添うて同日同場所同時刻と教わっておる。儂としたことが時雨に小春を付けてしも

うた。ご一直なされ」

額に手をやりながら述べる。床の間の供え物と今日の天気を素直に詠んだのであろうが、時雨に小春は障るかも知れない。

「時雨というは降ったり止んだりするもの、止んだ時は小春でよろしいかと思うが」

「しかし、時雨はやっぱり少々寒々とした天気ではないかのう」

「うむ、はて、どんなものかな」

そんな声が聞える中、宗匠はふいに梅夫に声をかけた。

「ひとつ客人にお考えを聞かせて頂こう。江戸風ではどう案配なさろうか」

一同が梅夫を見る。浜藻は少しどきどきしたが、父は落ち着いていた。

「お声がかりじゃによって末席から口幅ったいことを申しあげますが、江戸の風と申しても蕉風俳諧の式目に変りはござりません。常ならば時雨の発句に小春の脇は障りもしましょうが」

そこで息をついで間を取り、

「今日は時雨会興行、宗匠の発句はつまり芭蕉翁への挨拶、時雨あるじとする心、これは只今しぐれて居るかいないかに拘らず連衆の心にはるか蕉翁の徳を降らせるというたぐいの時雨ではござらぬかな。蘇十さんの脇は、そのように蕉翁を慕う連衆のいま在る場の嘱目吟、柑子蜜柑というのですか、目に鮮やかな黄がよい手向になっており、一座が和やかに暖かい気分がよう出ておるとぞんじます。これでよろしうござりましょう」

膝を打つ者があり、浜藻もほっとして父を見直す心もちだった。

「まことに理も情もあるご見解、さすがでござりますな。尻馬に乗るようではあるが、私もそのように思いました故、脇に異議は申し立てなんだわけで」

と言うのは執筆役を頼まれた祥禾だった。

「さよう。皆そのように受け取っておられたようだ。当の脇の蘇十さんが念押しされただけのこと。表六句はこれで治定いたします」

馬印が締め括った。一同頷いたが、

「案外蘇十さんは脇の出来を賞めて貰いとうてわざと言い出したんじゃないか」

とからかうのは一番年かさと思われる連衆でまだ名が出ていない。わっと笑い声があがり、そげんことはなかと蘇十が手を振って、

「客人のおかげで面目取り戻しましたばい」

梅夫に会釈した。

「その客人はお床拝見もしておられぬとか」

隣りの仁里が馬印に大きな声で言う。

「おおそうじゃった。丁度酒肴の出るところ故、どうぞ此方へ」

表六句が調うと酒が出る。これは江戸も長崎も変らぬが、先ほどの若者二人に女子衆も三人膳を捧げてくる様子では、肴の方は長崎がはるかに贅沢のようである。蕉翁は塩豆ぐらいにするべ

きと言い遺されたらしいが、何事につけ大いに馳走するのがこの土地の風なのであろう。

父娘は立って人々の後ろを通り床の間拝見をした。軸は、茶の金泥を使った羊歯《しだ》が薄く描いてある色紙に、詞書つきの一句、

あつかりし夏も過《すぎ》　悲《かなし》
かりし秋もくれて
山家に初冬をむかへて
　　　　はせを
はつしくれ
さるもこみのを
ほしげ也

とやわらかな筆蹟で書いてある、翁の真蹟を見るのは初めてではなかった。成美も短冊を一葉持っているし書画の売立会で見たこともあるが、こうして南の果ての国に来て出合うのは翁その人に邂逅したような心もちがした。

「筆のあとを眺めるのは、そのお方にお逢いするような気がいたしますものですねえ」

思わず声に出すと、いつの間にか傍に来ていた菊也が、

「そうそう、浜藻さんは翁と近しいおひとだからな」

と船中の話を思い出したらしくからかった。そういえばと梅夫が、

「神号のことをご披露なさらねば」

菊也に言う。おお、そうじゃったと今ざわついている座を見渡して、

「献盃の前に話そう」

馬印の方へ立っていった。

床の香炉も花瓶も唐渡りであるところが長崎らしい。父娘も席へ戻った。各々の前に足付膳が並べられ、煮物、膾、青菜の浸もの、蒟蒻の白和えなどと盃が伏せてあった。盃は有田と見えた。

「皆の衆お平らに」

宗匠が声をかけ、一同が鎮まると、

「われらが祖翁に献盃いたす前に、菊也さんから一言お話があるそうです」

え、といぶかしげな連衆に菊也が口を開いた。船で言った飛音明神のことを知らせると歓声があがる。馬印は朱塗の大杯に酒を満たして恭々しく軸の前に供え、拍手を打った。一同がそれにならう。各々にも若者が酒を注いで廻り、折柄陽が障子越しに明るく射して皆の笑顔を照らした。

座はしかし乱れることなく付けも進み、梅夫は裏の五句め、浜藻はその付けで漸く名をだすことが出来た。

ほとゝぎす一声鳴《な》いて朝曇り　梅夫
月の高さに撫子を刈　浜藻

「これは昼月ですな」

「はい」

十四人もの顔が並ぶまでがむつかしいところ。どうかと思われる出来の句もあったが、こういう座ではともかくも先へ進めることが大事、校合《きょうごう》といって宗匠はのちに手直しすることが許される。次の付け句が、

嬉しやな神隠しの子戻り来て　松涛

とこれが嗄れ声の連衆だった。

「おっ、きましたな」

「儂も案じておったところ」

「誰より早い瓦版」

先ほどちらと耳にした噂のことだ、と浜藻は気付いた。皆が知っている様子をみるとずいぶん評判になっているのだ。

黒子一ッが証《あかし》なりけり　　仁里

「ばってん仁里さん、えらく詳しいじゃないか。あすこへも診《み》にゆきなはるか」

「いいえ、私は乳母の家の者からききました。何でも妙なところに黒子があって、それを乳母は覚えていたとか」

「妙なところとは」

「つまり、襁褓《むつき》を替えた者でのうては分らぬところ、乳母しか知らんのですばい。生みの母親は早う亡くなったと聞きました」

「そうそう、あの子が居らんようになってから気病みで寝ついてしもうて、ばってん哀れなことばい」

「十三年めとか、よう戻ったもんだ」

「その間《かん》、何しとったじゃろか、何でもっと早う戻らんかったか、奇妙だわな」

話が弾んでいる。

「皆の衆、その話は巻上げてのことに。次句、大峨さん」

馬印が取り静めた。十四人もいれば付けの順番はなかなか廻って来ないので、声をひそめて隣同士でささやき合う。梅夫と浜藻も仁里に、何ごとですかと耳を寄せた。

「いや私は、医学の修行に出ておりましてよくは知らぬのですが」

この辺り一帯は渕村というが、村で一、二を争う大地主持田家の跡取り息子が、九つの年に行方知れずになったのだそうだ。この春讃岐に金毘羅詣りをした村の者の中に、その息子と遊び友達であった男がいて、讃岐のうどん屋で息子そっくりの者を見掛けた。あまりに似ているので声を掛け、この土地の生れかと問うと生れは判らぬ、海に落ちていたらしいが何も覚えていない、拾われて此処で働くようになったという答え。

さてはと思ったその遊び友達の男が、幼な名で呼んでみると少し覚えがあるようだった。持田家が神隠しといわれても諦めずに長年手を尽くして探していたのを知っている男は、間違いでも元々、ひょっとしたらひょっとするやも知れぬというので連れて来たのだった。そこで持田家では大騒ぎになったわけだが、乳母の証言でどうやら跡取りと認めることになったらしい。

「それで、その跡取りに決まった男は昔の事を思い出したのですかな」

「それが何やらまだら覚えのようで、父親の持田のあるじも我子のようでもあり違うようでもあり、大層悩んだ様子と聞きました」

「珍しいお話ですねえ、そのお家では他のお子はいらしたのですか。ご兄弟とか」

先ほど耳にはさんだ弟がどうとかというのを浜藻は気にした。行き方知れずになって十数年も経てば諦めて跡継を立てるのが道理である。

「さようです。二つ年下の弟がおりましてな、これを跡継にして二十歳になった今年、嫁取りしたばっかり」

その弟が、あれは兄ではない、と譲らないのだそうだ。いや身代が惜しいからではない、騙りに欺されるのが口惜しいと意固地になっていたが、どうやら因果を含められて分家することになったらしいとか。

「それはまあ、いろいろと大事《おおごと》でございましたね」

何の関わりもない噂話だが、面白くて浜藻の物好きな血が騒ぐ。生みの母が亡くなったというのが辛いところだと思った。母親ならば何年経《へ》ようと我子が判らぬわけはないだろう。

ひそひそ話し合うているうちにも付けは進み、匂いの花前、香を炷《た》くので、名残折の花の座は「匂いの花」と呼ばれる。正式では香手前を取り行うのだが、これは略式であらかじめ香炉に香木を載せたものを、若者のひとりがしずしずと捧げ持ってきた。宗匠が受け取って軸の前に供える。青磁獅子香炉は飾り物で供えたのは染付の筒型である。遠目に伊万里焼きと見えた。香を供え終った宗匠が、

「では匂いの花の座、ここは一座の紅一点浜藻さんに頼みましょう」

と言ったから吃驚した。これまでに一句付けただけであったから、挙句を求められるのではないかと思っていたのだ。

「おう、花の座に人の花、よかとです」

「ははあ、一句出たあと浜藻さんに付けを廻さぬは何故と思うとったが、宗匠、初めからの策の

ようだ」

匂いの花は発句と共に三十六行の中で一番位が高い。花を持たせるという言葉はここから来ている。

「私などが花を持たせて頂いてよろしいのでしょうか」

「芭蕉翁の入魂の撰集『猿蓑』は、皆もご存知の通り四歌仙、のちに翁は梅若菜の巻がよいと申されたそうだ。儂は、それには智月と羽紅、二人の女人《にょにん》が加わっておるのをよしとなされたと思います。俳諧はこの世の中をありありと詠み込むもの、女人のいない世あろうか、なあ」

馬印は一同を見渡した。からかい気味だった雰囲気が少し改まったようだ。

「それでは不束ながら花の座勤めさせて頂きます」

花の句と挙句は手帳にあるものでよい、と言われている。付合は次々と変化《へんげ》するので前もって書き留めておいた作は使えないことが多い。また手帳の句は嫌われる。即座即吟を旨とするなかで匂いの花は手帳でもよいのである。それだけ位の高い句が求められるし、初折の花とは変化しなくてはならない。初折の花は仁里で、

散りながら花は盛りと見ゆるなり

となかなかの作であった。浜藻は小短冊を手に暫く考えた。二、三句手帳にはあるが、あまり

素早く出しては小賢《こざか》しげに見えるだろう。案じ悩んでいる様子も見せなければ。

花に逢《あひ》花にわかる旅衣　　浜藻

小短冊が手から手へ渡って宗匠に届けられると、馬印は二度繰返して朗誦した。

「なんと」

「さすが」

「ばってん今日一番の出来のごとある」

拍手が湧く。浜藻は深く頭を下げた。今日は髪結に来て貰って誂えた鼈甲櫛を差しているのである。

挙句は執筆と定まっているので、上席の祥禾は何か呟きながら案じていたが、

居りごゝろよきうぐいすの宿　　祥禾

と付けた。これも拍手とほうほうという声などで迎えられた。上出来の挙句だと浜藻も思った。これで歌仙が三十六行満尾となり、宗匠が初めから朗誦して懐紙を紅白の紙縒で綴じる。文台ごと床の間に供えて今日の興行は終ったわけだった。

これから酒宴となるらしい。一座がほどけて新しい膳が運びこまれ、銚子が並ぶ。

「先ほどの芭蕉翁の神号の話だが」

と声を張り上げた者がいる。大蛾という人だった。

「果して蕉翁は神号を喜ばれようか。儂は三冊子など読んでどうも志のありようと違う気がするが」

「おう、そのことよ」

菊也が直ちに応じた。

「此方へ渡る船中でその話が出よって、浜藻さんは何やら神様では芭蕉さまが遠うなるよって淋しかと」

「あら、そんな、淋しいとまでは」

「さもあらん、花の座の華、おなごの身で諸国行脚の浜藻さんはさしずめ女芭蕉」

「そのようなことではのうて」

大蛾がさらに声を大きくした。

「貞徳翁の遺された書き物に、たしかあれは天水抄だったたか、俳諧は言葉皆言葉に非ずと書く也、この言葉というは連歌に用ゆる雅《みやび》なる言葉也、俳諧は賤《いや》しきことも笑度《わらいたき》ことも皆言うによりて連歌と異なる也、という一節がある」

「そうでしたな。俳言というものを教えられた書物でござりました」

とこれは梅夫。

「神号など貰うては賤しきこと笑いたきことが言えぬごつなって後戻りせぬかと危ぶまれる」

大蛾はなかなかの論客であるようだ。

「都のあたりで公卿衆とも一座しておれば、何ぞ立派な位が欲しうなるのかも知れん、芭蕉堂と名告っておるだけにな」

菊也も頷きながら言った。

「芭蕉堂というはたしか高桑蘭更《たかくわらんこう》と聞きましたが」

問う者がいて、

「蘭更はあんた十年も前にあの世へ越したがな。そのあと成田蒼虬《そうきゅう》が継いだが、嵐更の妻の得終《とくしゅう》尼と争いがあって大層賑やかなことじゃったそうだ。ばってん蒼虬は自分の箔付けのため願い出て神号頂いたのじゃろうて」

「それにしてもあの芭蕉堂で毎年板にする『花供養』というは大層入花料《いりばな》が高値《こうじき》のようですな」

京の噂などは始終船で上っている菊也や、旅すがら立ち寄った梅夫しか話せない。

「なに、神に祀り上げられようが乞食《こつじき》の翁であろうが、芭蕉翁の句や付合の値打が変るものではあるまいが。われらはひたすら翁の一筋の道を慕うばかりでよか」

「おお、それでよかよか」

嗄れた声の言葉に皆が応じた。大蛾も漸く顔色を和らげて頷いている。

浜藻は少しのぼせたようになった。

「少し外の風に当ってきます」

父親にささやくとそっと席を外した。手水を使ってから玄関に出ると、

「どげんかなさいましたか」

後から声がした。先ほどから宴の手配を控えめに取り仕切っていた女である。

「いえ、少し外の風に当ってこようかと思ったのですよ。ご酒《しゅ》を頂きすぎました」

「ああさよで。水を持ってきましょうか」

「そうですね。お水頂きましょうか。お手数ですが」

お待ち下さいと言って消えた女は、柄杓と湯呑を持ってきた。裏に井戸がある、汲みたての冷たい水の方がと言って先に草履を穿いた。下駄や雪駄が足の踏み場もないほどにならんだ三和土で、浜藻の濃紫の鼻緒が目立っている。

外はまだ明るく暖かだった。陽は西へ廻っているが、ちぎれ雲がぽつぽつ浮かぶだけの空から射す陽光が、白い道やその先の海や艶々した楠の葉を照らしている。船が行き来している入江の向う岸の出島の洋館も此処からはよく見えた。眼下に石を置いた屋根の小家が散在している。潮風がほてった頬に心地よい。

「眺めのよいところですねえ」

「はあ、盆や菩薩《ぼさあ》上げやくんちの賑わいも聞えてまいります」

女は井戸へ案内し、釣瓶をからからと鳴らしておろし、水を一杯汲みあげて柄杓で湯呑に注いでくれた。

「ああ、おいしい」

浜藻はにっこりして、女に、

「お名は何とおっしゃるの」

と聞いた。ただの家婢ではないようだ。

「おてつと申します。この屋敷の留守を預かっておりまして」

「そうですか、こちらの家は馬印さんのご両親が守っていらしたと聞きました。その頃からずっと」

「はあ、お二方看取らせて頂きました」

おてつの声が固いのは、土地訛を使わずに話そうとしているからだろうか。湯呑を渡してそこらへん少し歩いてみる、と浜藻が言うと、おてつは少し先に萬福寺というのがあると指さして道を教えてくれた。

「あの森の中に石の鳥居がありますからすぐわかりますよってに」

「鳥居ですか、お寺ではのうて」

「いえ、寺ですが何だか鳥居もあって社《やしろ》のような造りになっております」

「へええ、珍しいお寺のようですね。ではぶらぶらと行ってまいります」

山と海が接していて平地の少ない土地のせいか、道を歩く人も見当たらない。やはり皆海で稼いでいるのだろうか。在所の大谷村も水田はそう多くないにしろ畑仕事なぞで外へ出れば村人に会うのであるが。

——大谷村ではもう日が暮れているかしら。

此処では日が落ちるのにまだ一刻の余はありそうだった。低い這松などがへばりついている崖下はすぐ海という小道を辿ってゆくと、間もなく石の鳥居が見えた。そう広い境内ではなく上り坂の奥に、本堂というよりは拝殿といった風情の御堂があり、右に稲荷と天女殿というのがある。天女殿はささやかな祠で、浜藻は在所の大谷天神を思い浮かべた。由緒書の板碑の墨の薄れているのを苦労して読むと、天女とは、豊後太守大友公の娘で、大友公が豊太閤に取り潰されたのち流れ流れてこの地に居を構え、養蚕、近隣の子女の教育に当って大層慕われたひとで、通称桑姫と呼ばれたとある。たしか大友公は切支丹大名だったと思い出しながら、浜藻は遠い昔の姫に思いを馳せた。大谷村も水田が少なく桑畑が多く、浜藻も桑摘みや養蚕のしごとは身に覚えがある。

本殿のつつましいのに比べて、両脇の常夜燈は安山岩の立派なものだった。ひと巡りしていて浜藻はふと後ろの藪に目を惹かれた。何かは知らぬがきれいな紅い実が鈴成りの木が見えたのである。おや、とその紅のいろに誘われるように本殿の後ろへ廻ろうとした。足の下で砂利が音を立てた。

と、ふいに人の気配がして、

「遅《おせ》えがあ、ばあさん」

太い声と共に男が目の前に立ち現われて、浜藻はぎょっと立ちすくんだ。現われたのは紺の股引に厚司の法被、惣髪の陽灼けした男である。

「こりゃあ」

と立ちつくしている。この辺の漁師らしいと思った浜藻は気を取り直し、

「悪うござんしたね、待人でなくて」

軽く言った。

「いやあ魂消てもうた。皺くちゃの婆さん待っとりゃお弁天さまでえ、たまげた」

「そこの紅い実、何の木かと思ったものですからね。お邪魔さま」

浜藻はきびすを返した。紅い実のことなどどうでもよくなってしまった。寺の裏で人を待っている男なぞ薄気味わるい。

「姐さん」

背中へ声がかかる。え、と振り向くと、

「この辺のお人じゃあなかろ」

「ええ、旅の者ですよ」

声を投げて急ぎ足に出てゆきながら、男も少し長崎訛とは違うような、と浜藻はいぶかしんだ。短い石段を下りて坂へかかると、石の鳥居をくぐって来る者がいる。手拭をかむっているので

顔は判らないが、腰の曲り方からして年寄りの女である。これがあの男の待人なのかしら、と取り合わせが奇妙だと思って近付くと、うつむいて歩いていた女は、浜藻の足の先あたりで顔をあげてぎょっとしたようだった。下駄の音も耳に入らなかったのか。

土地の者ではない女にばったり出合えばびっくりするのも当然《あたりまえ》だろう。この辺の村人は皆顔見知りに違いないし、くんちの祭ででもなければ他国者に行き会うこともまずあるまい。年寄りではあるが顔が福々しく小肥りで着料もまず調っている。

「お詣りですか、いいお日和でよござんしたね」

あまりに驚いたふうなので、気の毒になった浜藻はお愛想を言ったが、年寄りの女は声を出さず、にっと片頬に笑みらしきものを浮かべただけでまたせかせかと坂を上りだした。

——あら、さっきの男が待っていたのはこの人なのかしら。

そうだ、あの男はばあさんと言った。何用あって寺の裏で会うのだろう。取り合わせが奇妙だし、人目のない所でというのは尋常のことではないようだ。

——危ないことがあっては、

気になった浜藻が振り返ると、拝殿の前まで上った年寄りもこちらを見ている。男の姿はみえなかったが。

——あまり時がかかるようだったら、行ってみよう。何か落し物をしたと言えばいい。

物好きといわれる性質《たち》の浜藻は、上から見られないあたりまでそろそろ歩を運び、景色を眺めているふりをした。ふりでなくとも眺めるに値いする入江の夕景である。画帖を持ってくればよかった。大小さまざまな船が夕映えに浮かび、鷗や鳶が舞っている。向う岸の家々は霞んで山の端だけがくっきりと空を区切っている。雲が茜に染まりはじめ、海に金色の波が立つ時刻も近い。

はたはたと足音がして、見るとおてつであった。前掛けを外している。

「あ、浜藻さま」

「おてつさん、帰りの舟が来たのですか」

「いえ、あの、今日はお泊り頂くことになりました。久松の旦那さまは明日早くにご用がおありとかで先に帰られますが、浜藻さまにはごゆっくりと申されまして」

「まあ、そうですか、それはご厄介おかけしますね。あまりに景色のよいところなので画帖を持ってくればよかったと思っていたのでした。泊めていただけるようなら明日でも」

「はあ、あの、絵もなさいますのですか」

「下手の横好きですけれど」

浜藻はふと、おてつに先ほどの年寄りのことを話してみようと思った。村人の顔は皆見知っているおてつであろう。

「今ね」

寺の裏で出合った男と後から上っていった年寄りのことを話すと、

「あんまりふだんお詣りする者はおらぬのですけど」

寺の住職はどこやらと掛け持ちで留守番の堂守がいるだけだと言う。

「男というのは」

「漁師か水主みたく陽に灼けた惣髪の三十年配。言葉の訛がこの辺りではないような」

「余所者が来たとゆう話は聞きませんが、それが寺の裏なぞになして行くのでしょう。法被というと屋号か紋がありましたか」

「あ、そういえば」

紺の厚司と思ったが屋号も印《しるし》もなかった。

「裏返しに着ていたのだわ」

「えっ」

長い立ち話をしている間に、陽は傾いて海に金色の帯が走りはじめた。帰りましょうとどちらからともなく気を合わせて踏み出したとき、ちらと人影が目に入った。

「あ、下りてきましたよ、あのお年寄り」

目をすがめるようにして振り返ったおてつは、ま、と小さく声を立てた。

「おとみさんですよ、下《しも》の岩屋の」

「ああ、知り人ですか、何ごともなかったようでよござんした」

そのおとみ婆さんは此方を見たのか見ないのか、鳥居のあたりでもそもそしている。

何でもなかったと思った浜藻は帰り道へ下駄を鳴らしたが、おてつはかえって何か考えこんでいるふうだった。男の姿は影も形もない。

帰り着いた馬印の屋敷では、鼓や三味線が持ち出されたらしく賑やかだった。

博多帯締め筑前絞り
と誰か渋い咽喉で唄っている。座敷に上がってみると其映だった。三味線を弾いているのは膳を運んでいた若い女中である。

「ああ浜藻、今夜はこちらに泊めて頂くことになった」

席を真中へんに移した梅夫が言う。もう残っているのは七、八人のようだった。

「いまおてつさんに聞きました。馬印さまご厄介おかけいたします」

「わが宿は不便な所で、久松や中川屋のようなもてなしは出来んが、これも旅の一興とゆるりと過して下され」

「ありがとうございます。ほんとうに長崎の皆さまはご懇切で、それこそ先ほどの挙句通り、居りごこちよきうぐいすの宿でございます」

「そうだ、あの挙句は祥禾さんが私どもに成り変って詠んで頂いたようだった」

梅夫も言葉を添える。

「それも浜藻さんの花の句があったればこそだ。私の手柄でない」

居残っていた祥禾が言う。

「そこが付合の面白いところ、相手の付句がこちらを引き立て、こちらの句が相手を生かす。人の世もそのようにありたいものだが」

そう言うのは浜藻が名を覚え切れないでいる男だった。

「ほんとうに、おなごの身でこのような旅が出来ますのも俳諧あればこそで、ありがたい道でござります」

「そういう浜藻さん、一座の花の芸をなんぞひとつ」

居残り組の仁里が言う。馬印も、

「久松の家でくんちの宴に踊りなされたとか聞きましたぞ」

他の連衆も皆一芸を披露したらしい。梅夫も下手な謡をうなったのだろう。

「そうですねえ、お耳汚しでござりますが」

三味線を借りて糸を調べ、思いついた河東節をひとくだり。

――雀海中に入って蛤となる。腐草《ふそう》化して蛍となり、田鼠《でんそ》化して鶉となる、なるもならぬも、流し目の、流れにそよぐ川竹の、――

俳諧の季語が折りこんである「水上蝶《みづあげ》の羽番《はつがい》」という曲である。皆しんと聞いていた。

「これを締めに頂いてお開きいたそう」

馬印がひとしきりの拍手が止んだあとで辞儀をした。

「そろそろ出ますかな」

残っている連衆は徒歩で帰るのだそうだ。市中までは入江をぐるりと廻って二里もあろうか。

提灯を、と申し出たおてつに祥禾は要らぬ、と手を振った。十二日の月は明るいだろうというのだ。

長崎の道は白っぽい。海沿いにゆくのだから暗がりも少ない。江戸の夜道は黒いのだと梅夫が土の違いを言い、作物が育つには良い土なのだろうと誰かが返し、賑やかに連衆は出立していった。

後片付をするというので梅夫、浜藻、其映は茶室に招かれた。四畳半のごく簡素な茶室で、床の間と炉はあるが文机や書物文房などの置き物になっているようだった。

おてつがもてなしに忙しく、ろくに物も食べていない様子が気になった浜藻は、お点前を買って出た。片付けがあるので助かりますとおてつはほっとした顔いろで、よろしうにと、立ち去る。

馬印も其映も何度も一座しているので、まるで身内のような親しみが通う。茶の点前といっても片苦しく作法を守るのでなく、馬印からして膝を崩して打ちくつろいだ様子になった。

「時雨会の宗匠という大役を果せて安堵したわな」

「立派な宗匠捌きでござりました」

「何せ十四人の大一座、一ト通り名を並べるが大仕事。年期の入った連衆、初心の者とさまざまですからな」

梅夫と其映がねぎらっている。それぞれが一服し終ると浜藻には馬印が点ててくれた。馬印は遠州派の茶のようであった。

「どこへ行っておったのだ、何ぞよい見物でもあったか」

梅夫が浜藻に問う。おてつに教えられた萬福寺という鳥居のある寺に行ったと言うと、馬印が萬福寺の由緒について語る。

浜藻はそこで妙な男と年寄りの女に出合ったことを話した。

「おとみさん、とか言うそうですが」

「なに、おとみといえば先ごろ噂に出た持田の家の乳母をしていた婆さんだが」

「おや、まあ」

「その得体の知れぬ男が、おとみを待っていたようだと」

「ええ、私に、遅《おせ》えがやばあさん、と声かけて、顔を合わせたらぎょっとしていました」

ふむ、と考えこむ馬印に、その持田の家の話は一体どういうことだと其映が改めて訊く。

「いや儂も此処へは時たま戻るばっかりでようは知らんのだが、おてつは詳しいだろう、後でよう聞いてみずばなるまい。何しろ兄息子だと定まったはおとみの証しによってであるけん」

「神隠しというが、どこで居らんようになったのかの」

「それが、さ。少々待ってくれ」

馬印は立って母屋の方へ行った。この茶室は裏庭の方に突き出したかたちで建っているのである。

馬印はおてつを従えて戻ってきた。二人共軸物の箱や香炉らしい箱を抱えている。床の飾り物をこの部屋に納めるのであろう。

「浜藻さま、助けて頂きましてありがとうござりました」

「いいえ、おてつさんは大忙しでしたねえ、ご膳は召し上ったんですか」

はいと頷き、浜藻さまのお点前を拝見しとうございましたと言うので、浜藻は勿体ないと辞儀をするおてつにも一服点てた。

「このおてつは、遠縁の者で、夫にはよう死なれ、そののち我家の両親を看取ってくれた者でござって、身内同様、ご遠慮なく」

馬印が改めて引き合せる。馬印の妻は長く病身ということでその代りを勤めたおてつなのらしい。どこまで妻の代りの勤めをしているのか、おおよそは推し測られる。

問われておてつは持田家の神隠しの一件を縷々語った。


十三年前、持田家には年子の兄弟と三つ年下の娘がいた。兄息子は大層難産で生れ、そのせいかひ弱くて色白の小柄な子供だったが、弟は何事もなく生れて父親似の元気な大きな子供で、この兄弟は幼いときからひどく仲が悪くて親を困らせていたという。

弟は躰が大きく力もあってともすれば手が先に出る。兄は弱々しい小柄な子であってもその分口が立つ。言い負かされた弟が兄を痛めつけ、母が弟を叱り父は兄のひ弱さを情けながるというわけで、家の中にも波風が立つほどだった。寺子屋に通い始めても弟は餓鬼大将になり兄は読み書きの下手な弟を嘲けるので、双方に贔屓する子供たちが二手に分かれるという有様だった。兄の方は何といっても跡取りなので屋敷での扱いが違う。それが一層弟の乱暴を招くといった案配。父親の方は弟に跡を継がせたい様子も見えた頃のこと、兄の方がふいと居なくなったのだった。

五月端午の節句前のことであった。家々の軒には萱に蓬菖蒲を添えて飾り、布や紙の幟が数多く立てられる。定紋を染め抜き雲龍鶴亀など模様を描いた布幟吹流しは富家のもので、貧しい家は紙幟であるが、いずれも男の子の数に二本ずつ足すので子沢山の家は入口も見えぬほどだそうだ。

持田家は数十本の幟や吹流し、冑槍長刀などの飾り物も何処よりも豪儀だった。女たちは粽《ちまき》や宴の料理造りで忙しく誰も子供のことは忘れていた。珍しくその日は口争いもせずに遊んでいた、と雇人たちが言ったそうだが、いざ祝宴となると兄の方の姿が見えなくなっていたのである。宴どころではない大騒ぎになった。弟に聞いても知らないと言う。家々の幟見物に出歩いたかと村中探したが杳として行方が知れなかった。もとより海の方も探したのだが、端午の節句には競艜《ペーロン》という船の競走があるので、村の若い衆は皆港へ出て船の飾りや手入れや稽古で多数出ていたから、海に子供が落ちて気付かぬことはなかろうという話だった。

神隠しということになって母親は寝付いた挙句に露と消えてしまい、いまは後添えが来ている。弟の方はそれからめっきり乱暴が減って読み書きそろばんも人並みに上達し、持田家の跡取りとして嫁を迎えたばかり。そこへ讃岐の金比羅詣りに行った村の衆が、居なくなった兄息子にそっくりという男をみたのだった。十三年も経ってまさかと皆は言ったが、一応確かめてみようというわけで乳母が検分の役として讃岐へ出かけた。持田家も船を持っており見つけた村の衆というのも水主だったから、海路で豊後日田へ出て讃岐へ渡ったのだった。一ト月の余もかかって乳母は当の男を連れ帰り、兄息子に違いないと保証したのである。

「何でも襁褓《むつき》を替えた者にしか分らぬ所に黒子があって、それが証拠とか」

「母親は死んどるし、乳母しか知らぬというわけだ」

おてつと馬印が交々話す。

「その黒子のことは、神隠しとやらに遇う前にも家内《いえうち》で知られていたのでしょうか」

「いえ、見えない所ですし、わざわざ言うほどの大きさでもないゆえ、黙っていたと」

「その乳母が言うのですね」

「当の本人は、幼い頃のことを何も覚えておらんと。頭でも打ったか、船に乗っていたのは覚えておるし、母親だという巡礼の女に連れられていたらしいが、それが饂飩屋の店先に捨てられた。その饂飩屋が養うて育ててあげたのじゃな」

「ほう」

「まあ」

「ばってんいきなり連れて来て、これが兄《あに》さんだゆうても、弟の方は一悶着あったろう」

其映も口をはさむ。

「そのようでござりました。あれは兄さんではない、親父どのは騙されておると大層怒って、その兄さんとやらにこのことは覚えておるか、寺子屋であのときのことは、先生の名は、ときびしう問い詰めたそうでござりました」

一つ二つは思い出したと名をあげたりしたから、弟の方が身代渡すが惜しうて違うと言うのだろうと評判が悪くなった。

弟があまりに違うと言いたてたのが、かえって父親の気を損ねたらしく、このほど正式に兄息子として迎え入れることになったのだった。

「その覚えていることは、乳母の知っていたことばかりなのではござりませんか」

浜藻の言葉に、居合せた皆がはっと驚いて目をむいた。

「これまた、突拍子もないことを。いやこの娘は物好きでして」

梅夫がとりなすと、

「そうゆうこともあるやも知れんぞ。乳母を抱きこんで身代狙うという企らみもないではない」

其映は面白がっている。

「はて」

馬印は慎重で、浜藻にもう一度寺の裏で出合った男の言葉と風躰をたしかめた。

この土地の者でないとしたら、船頭が知っているはずだと言う。時折船が立ち寄る先で水主が病気になるとか、その土地に馴染の女がいるとかで戻りの船に乗らず、いっときの助けに余所者の水主を雇うこともある。

「何にせよ、儂がどうこうするわけにはゆかんによって、明朝にでも志賀どのに会うて話してみよう」

渕村の庄屋は志賀宗貞といって元大村藩士だということであった。もとより其映も父娘も関わりのない村人のこと、面白がってあれこれ取沙汰したものの、持田家のことを気にしているわけではない。夜も更けたと茶室を片付け、梅夫は馬印其映と一緒に先ほどの書院の間に枕を並べ、浜藻はおてつと共に納戸で夜具を並べた。

「こちらのご両親の看取りをなさいましたか、ようお尽くしになりましたねえ」

「はあ、遠い縁筋にあたるものですから。あちらの奥さまはお弱くてめったに見舞いにも来られませんで」

何となくおてつの口裏から、馬印の妻と舅姑は折り合いが悪かったのだと察せられた。

「浜藻さまは、おなごの身で諸国行脚なぞよう思い立たれましたとほんとうに感嘆するばかりでございます。私などこの土地よりほかに知りませんで世間が狭いことで情けのうございます」

「あら、物好きなのですよ。変り者と後ろ指さされております」

笑って済ませたが、お佐太もそうであったようにおなごの身の不自由さを思うと、何か沸々と身裡にたぎるものがある。

「おてつさん、馬印さんがこちらへ戻られたなら、俳諧のてほどき願い出られませ。俳諧師は旅をするもの。直方の生れの諸九尼というおひとは、五十にもなってから陸奥《みちのく》へ旅をなさったのですよ。また菊舎尼という方も連れ合いに死に別れてから江戸も陸奥も旅して、この長崎にも幾《いく》度《たび》も杖を曳かれたとか。旅は面白うござりますよ」

おてつは床に起き上って目を瞠っている。

「私もいっそ尼になれば、と思うたことがござります。ただ、去りました家に子を置いて参りました。ときに行き遇うこともあろうかと、姿を変えていては母と判らぬのではないかと」

一夜限りの余所者だからであろう、浜藻はおてつの身の上話を聞く破目になった。連れ合いの両親がまだ若く、跡取りの子は跡取りといって別れさせられた。元々気に入った嫁ではなかったのだという。

「まあそれは。私は子に恵まれませんで、それがこのたびの諸国行脚を思い立たせた理由《わけ》のひとつなのですけれど、お子に恵まれても共に暮らせないのでは、無いより一層辛いことですねえ」

おてつは打ち明け話をして少し気が楽になったらしく、漸く横になると、

「あの、私のような者にも俳諧が出来ますでしょうか」

思い詰めた様子で訊く。

「ええ、読み書きが一ト通り出来れば誰でもこの道に入れますとも。殊にも馬印さまという師匠が傍にいらっしゃるのだから」

仄暗がりで見えたわけではないが、おてつの顔が赤くなったのではないか、と浜藻は思った。

それにしても、と見馴れぬ部屋の天井を眺めながら浜藻は思った。

――おなごの人も俳諧に遊ぶ楽しさを知ったなら、世の中はもっと住み良くなりはしないかしら。男、女も、年の差も貧富も身分も気にしない一座連衆の、あのぱあっと空が開けたような明るさ、自分もひとりのにんげんとして見て貰える嬉しさ、それを教えてあげたい――。

この旅が何処まで何時まで続けられるか判らぬにしても、どこの土地でも一人でも多くおなごの連衆を見つけたい、出来ればおなごばかりの撰集も拵えてみたい。そんな夢が浜藻の胸を温かにして安らかな眠りに入った。

翌朝、料紙や矢立を用意して一歩外に出た浜藻は、まあ、と声を挙げた。どうなさいましたと半纏を持ってきたおてつが言う。

「あのきれいな朝焼」

東の空がまっかと言えるほどに紅に染まっている。

「ほんとにひどい焼けよう。こんな朝焼の日は空模様が怪しくなるのでございますよ」

寒いからとおてつは半纏を着せかけてくれた。真綿が入っているらしく暖かい。

昨日目を付けておいた場所へ行って、浜藻はがっかりした。とんだ目論見違いだった。

昨日の夕方は、落日を斜めうしろに負うていたから対岸の景色が鮮やかだったのだが、今朝は昇る朝日に真向うことになる。対岸は暗く沈んで物のかたちも定かでないのに、こちら側は陽に染まって海も代赭色に見える。雲が多いが時折陽が射すと眩しくて目も開けていられないのだ。

――私としたことが。日射しのことを忘れているなど。

景色を写し取るのに東西を見極めておくのは当たり前のことだ。浜藻の師匠は狩野派で、あまり写生はしないのであるが。実景を描くのはせいぜい庭先の牡丹や紫陽花である。しかし旅に出てからは珍しい風景をなるべく写し取るようにしていた。長崎の港は両岸の船着場が一望出来、すぐに町と山があり一幅の絵とするには手に余りそうである。

浜藻は手拭を額に深く被ってあちこち所を移してみた。そうしている内にも雲が次第に厚くなり眩しさが減って、対岸の家々からのぼる煙や風頭山の麓のあたり諏訪か松の森か、鬱蒼とした楠の森の間に社の千木がちらと見える。寺町の見覚えある大きな屋根も目に入るようになった。港の沖へ向うあたりに船が出ようとしている。遠くて判らぬがどこぞの藩船なのか木の葉のような引き舟が繫がって揺れていた。入ってくるのは漁りの船であろう。

一心に筆を使っていると、同じ道を馬印がやってきた。朝の内に名主の屋敷へ行くと言っていたから、早々と飯を済ませて出たのであろう。

「おっ、浜藻さん、早うから精が出ますな」

「お早うござります。あまりに良い景色なものですから江戸の土産にと思うたのですけれども、私の手には余るようでござります」

「いや、浜藻さんに写し取られて長崎の港も面目あるというもの。しかし今日は天気が崩れる案配で、梅夫さんは帰り支度しておられたが、な」

「ほんとうにお世話になりまして。大層面白う過させて頂きました。それでは留守の間に出ることになるかも知れませんね」

「うむ、どういう雲行きになるものか、話も難しうて困っておるのだが。やはり放っておくわけにはゆかんだろうか」

馬印が、浜藻にさえ問うような物言いなのは、ずっと自分の胸裡で言うべきか知らぬ振りでいるか、自ら問い続けていたからであろう。

「そうですねえ、この先のこともありますでしょうし、村の中でも主立《おもだ》ったお家なのでございましょう。疑いが少しでもあればのちのちのため、晴らせるものなら晴らした方が。あら、私などの口を出すことではございませんでした」

恐縮したが、物好きな浜藻の勘では兄息子というのは贋物だと思っている。居なくなった事情についても、人に聞かれたら空怖ろしいような経緯《いきさつ》を思い付いていたが、もとより口に出すべき立場ではない。

馬印は頷き、戻りが何時になるか判らぬから遠慮なく出立するように、と言い置いて急ぎ足になった。話している間にも雲はどんどん厚くなって赤い光は消え、仄暗くさえなってきた。

それでも何枚か描けたことに満足しながら屋敷へ帰ると、茶漬の朝飯の膳が出来ていた。梅夫が待っていた。

「おう、迎えに行こうかと思っておったところだ」

「はい、済みません。何だか雲行きが怪しくなって」

「降らぬうちに船を出して貰わねばならん、早う飯を済ませなさい」

食べずに出てもいいと言おうとして、それではおてつに悪いかと浜藻は膳の前に坐った。其映と梅夫は馬印と共に早く済ませたようだ。おてつと下働きの女子衆に、浜藻は、

「一緒にいただきましょう」

と声を掛けた。昨日来ていた若者の姿は見えない。馬印の弟子衆と見えたが夜遅くにも家へ戻ったのだろうか。おてつたちが遠慮しているので気が急いて、一杯の茶漬は味も分らず流しこんだ。船の用意に女子衆を下へ走らせ、泊り客は出立するばかりとなった時、早くも灰色の雲から雨粒が落ちてきた。風も強くなってきたようである。

「朝焼のあとは崩れるゆうはほんとだな」

其映が外を眺めて言う。向う岸は目に見える近さだが近いからこそわざわざ雨の中をわたることもあるまい、と障子を閉めてまた坐りこんだ。雨戸を立てた方が、と浜藻は勝手で朝飯をとっているらしいおてつに代って雨戸を立てはじめた。梅夫が手伝う、其映が暗い座敷に灯を点す。音に驚いておてつが走り出て相済みませんと言っている時に、女子衆が蓑笠を借りて戻ってきた。

「止むまでは待っとられようと」

その船は屋根船ではないのである。

「菊也さんに迎えの船を頼むのだったな」

其映は昨夜自宅へ泊ることを知らせて貰っている。別に慌てることもなかろうと客の三人は腰を落ち着けた。陸路でも雨はありがたくない。取り立てて用のない身分の者ばかりなのだった。

「付合でもいたしますかな」

手持無沙汰の三人が俳諧師なのだから、どうしてもそういうことになる。では、とまた料紙、硯、小短冊など用意してから浜藻はふと思いついて、

「おてつさんもこの道に入りたいとゆうことでしたよ。いかがでしょう。手ほどきしながらでは」

「ほう、そんな話もしたのか」

「ええ、ゆうべ寝物語に」

「ええじゃないか、どうせ暇つぶしだ。おなごの俳諧衆が長崎にも増えるのはよかごつ」

其映も賛同したので浜藻はおてつを呼びに行った。おてつはおなご衆と昨日の宴の什器を紅絹《もみ》の古布で拭いているところだった。

「おてつさん、あちらで日和待ちに俳諧の付合いたしますが、一緒に巻いて覚えられてはいかが」

「えっ」

おてつは目を瞠った。

「そんな、うちはこの片付けがあって」

「後で私もお手伝いしますよ」

女子衆は二人で、近在の家から来ているらしかったが、

「ばってん、うちらで片付けるよってに」

「どうぞこの雨で暇ですけん」

揃っておてつを促す。むしろ居ない方が気楽なのかも知れない。少しうろたえながらおてつは自分の硯や反古を裏返しにして綴じたものを持ってきた。

「男《おのこ》二人女子《おなご》二人、こりゃあええわな」

其映は上機嫌だった。おてつの帳面を見ると、初めて手ほどき受けるのに読みにくうてはならん、と新しい料紙を二つ折にして渡した。半紙を横に二つ折したものを懐紙と呼ぶのである。歌仙は二枚重ねて端を綴じるのであるが、いまは半歌仙ぐらいしか出来ないだろう。

「発句は浜藻さんでいこうか」

其映が笑いながら、何しろ昨日の花が一座の華だったからな、と言う。梅夫も頷くので浜藻は遠慮せずに小短冊を取って筆を走らせた。

風堪へて岬の鼻の枯尾花　　浜藻

不出来でございますが、と詠みあげると、

「うん、これはよかろう」

「上出来、上出来。芭蕉忌の挨拶にもなっておる」

男二人の評を聞きながら、おてつは自分の懐紙に写しとろうとしている。浜藻は句を二行とする書き方を教えた。

脇は其映である。案じている間に浜藻は低声《こごえ》で、発句はその場の挨拶であること、脇は発句と同じ季同じ場所を詠むことなどを、おてつに教えた。

時雨の中を戻る釣船　　其映

「枯尾花に時雨は付き過ぎかな」

と言いながら小短冊を差し出す。

「まあベタ付けと言えんこともないが、昨日の今日だ、よろしかろう」

梅夫はもう気易いので遠慮なく言い合う。昨日は芭蕉忌の時雨会、枯尾花はその芭蕉翁の死の前後を誌した宝井其角という人の書物、とおてつに教える。梅夫は第三を案じている。第三は挨拶が済んで今日の付合が始まるというわけで、下五を韻字留めにしてはならない。冬二句の後は無季でいいのである。

献立の心尽しを賞でをりて　　梅夫

「どうかな、其映宗匠」

「ふむ、こりゃおてつさんへの挨拶だな」

「ま、女子衆の機嫌はとっておかんとな」

「隅に置けぬ奴だ。娘も居るちゅうに」

浜藻は、次はおてつさんですよと、どぎまぎしているおてつに言い、四句目は一番さり気なく詠むものであること、第三と次の月の句の間で障りのない目立たぬことが大事と説いた。

「あの、どうしましょう」

「今、おてつさんが勝手で什器を拭いていらしたでしょう。あれを七七にすればよろしいのです。例えば椀物を拭く紅絹の古布とか」

「はあ」

「ああ、それでいい、それでゆこう」

椀物を拭く紅絹の古布　　てつ

と治定された。浜藻が作ったのだが、初めて付合をするときは座の先達が手取り足取りで作ってあげるものなのだ。そうして自分の代りに詠んで貰っているうちに、付合の味というものが身についてくるのだ。

「それで、そうして頂いてよろしいのでしょうか」

「ええ、先ほどおてつさんがなさっていたことそのままなのですから、口に出したのが私でもおてつさんの句になります。前句が献立の心尽しでおてつさんの腕を賞めているでしょう。ですからこの句は、賞めて頂いたのはいいけれど後片付は大変だという返事にもなるのですよ」

「まあ、面白いものでござりますね」

面白がってくれれば此の道に一歩踏み出したことになるのである。

折しも雨風が猛って雨戸が鳴っている。

「荒れますねえ、馬印さまも足止めでしょう」

「ああ、あっちも日和待ちだな、しかし名主は俳諧の心得ありとは聞かぬから、さしずめこれだな」

其映は石を盤に置く手つきをした。

「そうだ、碁という手もあったな。此処にも碁盤はあろうか」

好きな道楽なので梅夫はそちらにも気を取られている。何ですねえ、せっかくおてつさんに手ほどきしようとしているのに、と浜藻は睨んだ。

「ばってんおなご衆をわすれちゃあならん」

「そういう其映さん、月の座だ」

これはしたり、二飛び四飛びだったと其映は額を叩いて案じはじめた。

「この荒れでは菊也さまも難儀なことでしょうね。荷卸しが大変と申しておられましたが」

「いやなに、今日の忙しいは金《かね》勘定だ、雨でも槍でも関わりはないかと」

え、と父娘は顔を見合わせた。

「金勘定とな」

「此の度の大坂行きは奉行の脇荷の売立、何ぼの利が上ったか、奉行所に詰めてござろうて」

おてつは判るらしいが父娘はきょとんとして其映を見た。それと気付いて其映は笑い出し、

「旅の客人には頓と解せぬ話、どうも昔からの知り合いのような気がしてな」

脇荷というものの話をしてくれた。

阿蘭陀船や唐船が入って荷をおろすとき、奉行所と目付が出張って調べがあるのだが、奉行、代官、目付などは役に応じてあらかじめ品物を自分用に取りのけておくことがゆるされている。もとより代価は支払うが元値であるから安価である。それを脇荷と言って主に砂糖で、羅紗やぎやまんびいどろなどだが、大層な利が上るから長崎奉行所は、任期の二年がほどで財を大きに増やして戻るのだそうだ。久松は町年寄でやはり脇荷の恵みにあずかっており、大坂表で品物を金に換える仕事も請負っているのだった。

「江戸でも長崎奉行になれば財産《しんしょう》が増えるという噂はちらと耳にしたが、遠国ゆえ格別のお手当があるのだろうと思うておった。脇荷というは初耳」

「ほんとに。脇荷というとまるで抜荷のような」

「これ、浜藻さん、そう言いたいことを憚りなく言うちゃいかん。菊也さんに叱られよう。まあ、そんなようなものであるが」

其映の言葉に父娘は笑い出し、おてつは下俯《うつむ》向いて笑うのを堪えているようだ。

「ほうでも長崎の者は、くんちの笠鉾だの何だの町内の催しには惜しげのう金をだすからええが、江戸の役人は土地に金を落とさず持ち逃げだからな」

なるほどあの豪勢なくんちの山車や鉾は、そんなところから金が廻ってくるのか、と浜藻は思い当った。

「蜀山人が、いや太田南畝《なんぽ》が目付として先頃長崎に来ておったと聞いたが」

「来た来た。去年まで居らしたな。あの御仁は唐船の書物検めを一手に引き受け、社寺の宝物なんぞを洗い淩い調べていったそうだ」

「狂歌の会なぞは開かれませんでしたか」

「それは儂には判らん。菊也に尋ねた方がよかろう」

そうだな、何しろ菊也さんとはしみじみ話す暇もないのだ、と梅夫は言い、

「おお、月はどうした、まだ出ぬか。居待か寝待か」

と其映に催促する。月は満月のあと十六夜、立待月、居待月、寝待月と季題になっている。それに引っかけて月の句の遅いのをからかったのだ。

「ばってん、物を知らぬ旅者《たびもん》に事の次第を聞かせてやったのだ、ああどうぞ、寝て待っておれ」

始終付き合っているので其映と梅夫は遠慮がない。おてつが目をぱちくりしている。

「こういう風に、連衆となれば遠慮がなくなるのですよ」

浜藻は笑いながらおてつに言ったが、馬印の昨日の格式ばりようでは通じないかも知れない、と思った。

寝て待つほどのこともなく月の句が出る。

三日月の外《ほか》には何もなかりけり　　其映

「まあ、雲ひとつない空の三日月が見えるようでございますね」

浜藻が感心すると、おてつもほんとにきれいな空が見えます、と頷く。

「何ものうて賞められるとは果報だな、しかし転じとしては上出来」

其映は満更でもない顔つき。浜藻はすぐさま筆を取った。

蘭の香《かおり》のどことなくする　　浜藻

「うむ、三日月に蘭はよい取り合わせだ、余情がある」

今度は其映が賞めてくれる。これで表六句が揃ったわけだった。

馬印はまだ戻らない。雨風はまだ止まない。次の秋の長句をおてつに作らせねば、と浜藻は気を引き締めた。

「おてつさん、秋というと先ず何を思い浮かべますか」

「え、秋ですか。あの、灯籠流し、くんち、柿、栗、新米」

「灯籠流しがよかろう。それだけで中七が出来る」

梅夫が察して助け舟を出す。其映も言う。

「そうだな、おてつさん、灯籠は何処に流すかな」

「ここの下の浦ですけど」

「ここの浦は何と呼ばれておるか」

「はあ、瓊《たま》の浦と」

「それそれ、灯籠流し瓊《たま》の浦、これで上《かみ》五さえあればよい」

男二人も教えるのが面白くなったらしい。

「秋風や、いやこれは季重なり」

「たらちねの、はどうだ」

「さらさらと、なぞはありありと目にうかぶじゃないか」

上五の句を言い合っている。浜藻は小短冊に、中七、下五だけを書き、

「ほら、このように上の句が定まれば秋の付句が出来るのですよ。灯籠を流すとき何処へ向けてどんな気持でなさいますか」

「はあ、それは、あの、西方浄土へと祈りまして」

「それです、浄土へと、上五はそういたしましょう」

弟子のひとりに師匠三人といった案配でおてつの付句が出来た。

浄土へと灯籠流す瓊の浦　　　　てつ

まあ、と嬉しげなおてつに男たちが手を打つ。其映は、

「表六句が定まったところでいつもはこれがでるのだがな」

と猪口を口に運ぶまねをした。

「いや、まだ午前《ひるまえ》だし、あるじが留守中でもあるし」

「うむ、そうはゆかんか」

せめてお茶なりと、と急に生きいきしたおてつが立った。まとめて貰ったとはいえ、初めて全部自分の言葉で付句が出来たときは、ほんとうに嬉しいものなのだ。

「初心忘るべからず、だな」

同じことを考えていたらしい梅夫である。

またどどっと家鳴りするように激しい風が当った。

「船が流されたりはしないでしょうか」

浜藻は荒い波を思ったが、其映は、

「此処の入江は深うて、港に繋いであればまず流されることはない。ばってん、あれは二昔《ふたむかし》も前のことだが」

と何かおもいだしたらしい。

「出島の船、といって小《こ》んまい舟だったようだが、流されたことがあったな。危ないとて繋ぎに出た南蛮人が舟もろとも流された」

「まあ」

二昔前といえば丁度久松のおきねの事があった頃ではないか。

「で、その舟と南蛮人はどうなりました」

「どうもこうも沈んじまったらしうて、影も形も無かったとか」

すると梅夫が、

「入江の中でそりゃ奇妙だ。その南蛮人、抜け出したのじゃないか」

と疑う。其映は首を振った。

「にしても、どっちみち海の底だ。あのときの荒れはとてもこがいなもんじゃあなかった」

では卯吉の父親は死んだのだ。梅夫にも話していない浜藻は何も言えず、心が暗い海の底に落ちたように沈んだ。

其の五

日見峠

一丈もあろうかという中空で白い狐が舞っている。空は冴えざえと晴れて高い梯子の上の二匹の白狐は、そのまま飛び翔とうとするかのように手を広げている。とみるまにくるりとでんぐり返しをして逆さになる。尖った口の狐の面は雌雄があってじゃれ合うさまに上下入れ換わる。竹ン芸と呼ぶそうだ。

まっ危ない、と声に出そうになって浜藻は口を押えた。賑やかな太鼓、笛、三味線に乗って狐は楽しげである。

今日は伊良林町の若宮稲荷大祭だった。久松のお佐太に誘われて見物に来ている。梅夫は別口でやはり何処かで見物しているはずだが、広い境内は人の山で身動きもならないほどである。お佐太は供にまたおみえを連れていたが、わっとかあっとか声を立てていたおみえの小柄な躰は人山にまぎれこんでしまったようだ。

「江戸でも鳶の者が梯子乗りいたしますけれど、高さがまるで違います。ほんとに息を呑むような」

お佐太の耳もとに口を寄せて言った。囃子のひびきと人々の喚声で尋常な話はできない。

「うちもひさしぶりの見物でござります。昔いちど来ただけで」

浜藻の案内といえば出易いのであろう。おみえを連れてきたのはまた姉の家へやって、浜藻と話し合いたいからなのだ。ひとしきり空中の芸が終ると人々が動き始める。休みをとって何度も芸をするらしい。おみえが駈け戻ってきた。

「面白かったです。ほんとの狐のごとある」

「おみえは初めてだったね」

お佐太も笑いながら巾着から小粒銀を出して懐紙のおひねりにし、姉さんのところへ行っておいでと渡した。

嬉しげなおみえが行ってしまうと、

「狭いところですけれど、私どもの仮寝の宿にいらっしゃいませんか、すぐ近くですし」

参道には屋台店が並んでいるが、お佐太のような身分の女が落ち着くところではない。ゆっくり話すなら他人の目のない家で、と浜藻は思った。話したいことがあるのだった。

「まあ、よろしければ」

お佐太は喜んでいる。若宮稲荷の隣に禅林寺があり五十嵐家と同じ宗旨なので何度も詣っている。その前を通って橋を渡れば中川屋はすぐである。しかし裏口から入るには少し廻り道せねばならない。

「裏口でよござんすか。表からですと中川屋へご挨拶がいりますでしょう」

菊也は元であるにしても町年寄の家なのだから、その奥方といえば格式ばる其映の妻が大騒ぎするに違いない。

「ええ、裏口抜け道大好きになりました」

お佐太は大層さばけてきた。ずいぶん気軽に外出《そとで》するようになった、とおきねが呆れていた。寺詣、墓詣、交際のある家々への見舞やら葬祭やら、出かけるのはいつも気を張る勤めだったのだ。呉服屋も小間物問屋も髪結も皆屋敷にやって来るのであって、そぞろ歩きの買物や店のひやかしなどしたことはなかった。それもこれも浜藻さまのおかげ、とお佐太の感謝は一ト通りではない。

「うちのひとがならぬと言うたわけではないのに、うちは自分で自分を縛っていたのですねえ」

と言うが、菊也にしても武蔵の国の名主の女房が諸国行脚に出る、という実例を見なければお佐太の外出を咎めたかも知れない。

魚町の方から裏木戸を通って浜藻たちの仮住いに着くと、一眼で見渡せる勝手から居間を、お佐太は珍しげにしげしげ眺めた。

「西浜のお屋敷に比べるとままごとのようでございましょ」

「いいえ、何だか楽しそうで、うちもこんな暮しをしてみたい」

「それは贅沢というものですよ」

そうかも知れません、とお佐太は狭い部屋の火鉢の前にいそいそと坐った。

「あちらでは何か事があったように聞きましたが」

ええ、と浜藻は熾火を掻き立て炭を継ぎながら、

「二晩も泊ることになってしまって」

掛けっ放しの鉄瓶の湯の具合を確かめて茶を淹れた。この鉄瓶も久松家からの借り物である。茶菓子は酒饅頭を買ってきている。

馬印の屋敷にその日も泊ることになったのは、夕方まで雨が止まぬからでもあったが、三人でおてつの手取り足取りで付合をしていると、時が経つのも忘れた。其映と梅夫は手ほどきが面白くなったらしく、一句ごとに講釈入りで式目だの付味だのを教えたものだ。

おてつも少し馴れてきて、恋の座のときには、「ひと言も口には出せずしのぶ恋」と一人で一句を生み出し、三人から賞めそやされて気をよくしていた。そこへ雨をついて名主の志賀家の下男がやって来、客人にはもう一晩泊って欲しいと馬印の言伝を持ってきたのである。雨が止んでも残ってくれと言うからには、何か用事があるのだ。それで腰を落ち着けた三人は昼食をはさんで半歌仙を巻き上げ、清書した懐紙をおてつは宝といたします、と喜んで押し戴いた。

そんな次第をお佐太に話す。ゆくゆくは菊也と馬印に話しておてつを引き合せて貰い、女同士で付合をしてくれれば、自分が長崎に来た甲斐があるというもの。

「まあ、そうでござりますか。うちも是非お会いしとうござります。馬印さまのご家内の方が病

身とはうすうす耳にしておりましたが、向うのお家のことは何も存じませんで」

「それがね、いろいろあるのでございますよ」

馬印は八ッ時になって戻って来、もう一晩引き留めたわけを話した。

名主の志賀家では、同村の同格である持田家のことは詳しく聞かされており、十三年振りに現われた兄息子と称する者について、相談を受けていたようだった。もとより他国から来た者を止どめ置くには名主の認めが要る。奇妙なこともあるものだと思いながら、持田家の内々に口出しもならず案じていたそうだ。志賀の勘ではどうも怪しいように思うが、育てた乳母が確かに総領息子というのであれば、やはり跡取りとして披露すべきだろうと届出を待っているところだった。

浜藻の話で、言葉の訛が他国者の男がいたと馬印が告げると、たしかに一人船の寄港先で水主が病気になり雇い入れた者がいると届けが出ていた。それは最初讃岐で兄息子と思われる男を見つけた船頭の船だという。

どうもそれが乳母と寺の裏で密かに会おうとした者らしい。何用あって乳母はそんな所へ行ったのか、いよいよ怪しいということになって、志賀は持田のあるじを呼びにやった。馬印は、差出がましいがその男と乳母を別々に呼んでいきなり会わせてみては、と進言したのだった。

持田のあるじはいささか疑わしいとは思ったが、乳母の証言と、亡妻が息を引き取る際まで行方知れずの息子を案じていたので、罪ほろぼしのような気がして跡取りに直すことに決めたのだった。体の弱い柔弱な子で気に入らなかったのが、数奇な巡り合わせで饂飩屋なぞに拾われ人に揉まれたせいか、ずっと体も逞しくなり尋常の付き合いも出来る、書物がすきだったはずだが今は全く手にも取らない。それも書物なぞない店仕事をしておれば無理ないことであり、算用の方は人並だから今何彼と教えているところと持田のあるじは言ったそうだ。

思案に余るのは弟息子の方で、絶対あれは兄ではないと頑張る。あまりに強弁するものだから身代が惜しいのであろうと気を悪くしてしまったあるじは、分家させようか家に置いて兄を助けさせようか迷っているのであった。

志賀と持田と馬印の話し合いで、明日名主の家へ関わりの者を呼び寄せる。ついては浜藻に寺の裏で会った男を確かめて貰いたい、その男が「ばあさんを待っていた」というのが乳母のことであるなら、一体どのような繋がりか問い詰めることになったのだ。

「まあ、それは大事《おおごと》。浜藻さま、とんだご迷惑でござりましたね」

お佐太は目を瞠っておどろいていた。

「何の関わりもない旅の者ですのに、間の悪いというか妙な巡り合わせというか、そんなわけでもう一晩泊ることになりました」

浜藻を残して父親の梅夫が先に帰るわけにはゆかないし、どうせなら三人一緒にということで其映も泊る。おてつに手数をかけて済まないと言うと、昨日の宴のために食材はありあまるほど用意したので、片付いて助かります、また浜藻さまと夜語りができますねと喜んでいるおてつであった。

「おてつさんも俳諧師の仲間入りなされたのですよ」

馬印に巻き上げた半歌仙を見せると、

「おお、ほう」

目を丸くして驚いていた。

「皆さまにおんぶに抱っこで名を連ねさせて頂きました」

おてつは恥ずかしがったが、浜藻は折角蒔いた種が芽を出さぬままであってはならぬと、

「久松のお佐太さまも上達なさいました。おなご同士で付合もできないことではございませんよ。折々てほどきお願い申します」

おてつのために頼んでおいた。それなら追い追いに芭蕉翁の七部集など読ませようとか馬印も内心満更でもなさそうに言ってくれて心強かったことだった。

「浜藻さまのおかげで、この土地におなごの俳諧師が増えて座が生れましたら、ほんにありがたいことでござります」

「それにはお佐太さまが女宗匠におなりでなければ。近い内一巻両吟いたしましょう。そうそう江戸から荷も着くことでしょうし」

「とてもとても。でも両吟はぜひお願いいたしとうござります。江戸からの荷はお待ちでしょうが、届けば此処を去られるのでございますか。一年でも二年でも居て頂きとうござりますのに」

「先行きのことはまだ父と何も話しておらぬのですよ。呑気なたちで」

梅夫は又別の俳諧衆と合って、渕村の一件の事を話しているに違いない。

「それで」

「ええ」

翌日はからりと晴れた。雨は道を洗い流し、常盤木が多いので風に飛んだ小枝木の葉もない。朝早くから船の出る物音が響いていた。

早々に名主の家から呼び出しがかかって、浜藻は馬印に連れられて志賀家へ赴いた。

名主はもう五十過ぎかと思われる霜を置いた鬢のそよろそよろした鶴を思わせる人で、脇に控えているのがよく似た中年の男、おそらく息子であろうと思われた。手代だの小者だのが庭に控えていて、浜藻は縁側に腰掛けるようにすすめられた。

「端近で申訳もなかと。ばってん表立っての改めじゃのうて、ふと立ち寄られた風情で、その例の男を見定めて貰おうと思っとう次第でごわす。間を置いて持田の家の者も乳母も呼び出しておる故」

「はい、ようわかりましてござります」

馬印は浜藻を引き合せると家の中に入ってしまったので、仕方なくかたちばかり出された番茶を飲んでいると、先ず漁師らしい男が二人、小者に連れられて庭へ廻ってきた。一人は紛れもなく寺の裏で会った男、今日は法被をちゃんと表返しして丸に徳の字をみせている。

男たちは小腰をかがめて入ってきたが、浜藻を見たとたん昨日の男は昨日と同じにぎょっとしたようだった。

それはあるじにも分って、目顔で訊く。間違いありませんと浜藻は深く頷いた。

時を測ったようにまた人声がし、

「何どすかいな、朝も早よから名主さまが用ちゅうは」

言いながら入ってきたのは確かに萬福寺の坂で見かけた年寄の女だった。曲った腰で頭を下げながら庭に入ったので、すぐには人の顔も見ないようだったが、二人の男の方が身じろぎして後退りする。連れ立ってきた船頭の方がうろたえ、きょろきょろと周りを見廻す。

誰も口を開かないうちに浜藻はつと立って、二人の男のすぐ傍に行き、

「また会いましたね、おばあさん」

と乳母に声を掛けた。

はっと腰に手を当てて背を伸ばした乳母は、やっと周りが目に入ったらしい。法被の男と船頭と浜藻を見て、細い眼を瞠り口をあんぐりと開け、その眼を縁側にいかめしく坐っている名主に移すと、二三歩退りしかけて腰を落してしまった。

「わ、わたしは、知らん、知らんで」

首を振ってあわあわぱくぱくしている。二人の男は足をもぞもぞ動かしていたが、両側に手代や小者が立ちふさがっている。この様子を見れば、船頭と臨時雇いの水主が乳母を抱きこんだことは明らかかと思った浜藻は、

「それでは志賀さま、私はこれでお暇いたします」

もう余所者の出る幕ではないとばかりにあいさつした。

「いや、御苦労でござった。いずれまた当方より挨拶に参ろうが、もうお帰りとか」

「はい、お邪魔いたしました」

この後のことは馬印が知らせてくれるであろう。下駄の音も軽く浜藻は名主の家を辞したのであった。

「それで、その後どうなりましたろう」

「馬印さまがまだ向うの家ですから」

「持田のお家の跡取りというは偽者だったのですね。神隠しに合うた子はどうなりましたろう」

「さあ、おそらくもう生きてはおらぬのではないかと」

「不思議なこともあるものですねえ」

お佐太にはとても言えぬ怖ろしい想像を浜藻はしている。

二晩めのおてつとの夜語りにもその話になって、

「私は一人娘で、どんなにかきょうだいが欲しいと思うたか知れませんのに、持田のお家では兄弟仲が悪かったとか、なぜでしょう」

自分も子に恵まれないのだとおてつに話した。おてつは、

「珍しいことではございません、じつはうちの嫁ぎ先の兄弟もそのようなことで」

夫が早く亡くなったあと、二つ違いの弟に婚合せようという話がでたのだったが、おてつはその弟が身ぶるいするほど嫌だった。夫は尋常な男で好いた惚れたではないにしろ、気の好いひとでまずまず睦んでいたと言う。

弟の方はどこでどう間違ったか素直でなく眼つきが蛇のようで顔を合わすのさえ嫌だったから、実家へ戻るというと子は置いてゆけと言われたのだった。舅姑もまだ若く孫を息子の代りに育てて後を継がせる気らしかった。ふた親にしても我が子ながら弟の方の性質の良くないのを知っていたのだろう。

「世の中、ほんとうにいろいろあるものですねえ」

浜藻はひそかに、持田の家の弟は何らかの手だてで兄を殺したのではないか、と思っているのだ。八つの子でも崖から突き落とすなり石をぶつけるなり、憎しみの余りなら出来ないことではない。鳥の巣を見つけたとか何とか兄を誘ったのだろう。兄の方は力では叶わない弟が珍しく優しいのにつられていそいそと出かけたのではないか。行方知れずになったとき探したのは海側だけだったようだ。

十三年ぶりに生き写しの男が現われたら、少しは兄かも知れぬと思うはずであるのに、弟は絶対に兄ではないと言い張った。それはすでに此の世に亡いことを知っているからではなかろうか。

浜藻はそんな怖ろしいことを考えつく自分が疎ましく、なぜそこまでと自ら問うてみて、やはり親しく接していた義兄が父、姉、姪など皆殺しにしたあの事件が、自分の心を損《そこ》なっていると思うのだった。

お佐太にはもとよりそんな話は出来ない。

「温かそうな半纏ですこと」

「あ、これはおてつさんに頂いたのですよ」

茄子紺の地によろけ縞の銘仙で仕立てた真綿入半纏は、船に乗るのに風除けといっておてつが呉れたものだった。

「うちも一枚仕立てて進ぜようと思うておりましたのに」

お佐太は少し口惜しげである。浜藻は笑ってしまった。

「数え切れぬほどお佐太さまには頂戴しております」

話に夢中になっているうちに、冬の早い日暮は障子の外にしのび寄ってきた。帰りには浜藻が送ってゆくつもりだったが、折よくそこへ梅夫が戻ってきた。

「只今戻ったぞ、おおお佐太さん。こんな狭苦しい処へ」

「お邪魔しております。思いもかけず遅うなってしまいました。浜藻さまとお話ししていると時の経つのを忘れまして」

「いやいや、仲良うして貰うはありがたいこと、ばってんお家の方で心配なさろうからそろそろ儂が送ってゆきましょう」

戻られたばかりなのにとお佐太は申し訳なかったが、浜藻が行けばその戻りにまた誰か使用人が従いてくる。

「菊也どのにちょいと相談もあります、なに今迄外で働いていたわけでもなし、祭酒も少々聞こし召したところで酔いを覚ますにちょうど良い、遠慮なぞ要らぬこと」

ではと二人が出て行った。山側の此方はもう淡墨色に沈んでいるが、西の空はきれいな茜色だった。少し風がでたようだ。

梅夫が菊也に相談というのは、長崎から移る土地の俳諧衆を紹介して貰うためである。江戸からの荷が着いたならば、土地を移ると定めている。夏目成美の添状には豊後日田の俳諧師の名があり、先ず其処へ書状を送るつもりだった。その他にも懇意な知友が居れば心強いというもの。

梅夫は、此の土地に来てからの付合を撰集にする心組で、毎夜あれかこれかと読み比べて案じている。すべての付合を板に刻むわけにはゆかず、出来の良いものを選ぶのであるがこれがなかなかに難しい。

歌仙三十六行、思わず膝を打つ絶妙な付合もあれば、同じ一巻の中に差し合いや月並のどうにも頂けない付合があったりして、採るか外すか大いに迷うところなのだ。しかし長崎に来て最初に巻いた歌仙はともかく入れることにして、版木屋におろす清書を始めているのだが、うっかり字を抜かしたり間違えたりで反古になったもの数知れず。

浜藻はひそかに、梅夫とは別におなご衆だけの選集が出来ぬものかと、ここ数日思案している。俳諧撰集は世に数多上板されていて、連衆の中におなごの名も少なからず見られるが、その殆どが発句だけだった。おなごの付合集というものは未だ現われていない。

おなごの撰した集としては浪花の斯波園女の『菊の塵』という大冊があり、それには芭蕉翁が園女の家に招かれて挨拶となされた、

白菊の目に立てて見る塵もなし　　芭蕉

の一句を発句として園女が、

水に紅葉を流す朝月　　園女

と美しい脇を返し、第三から之道《しどう》、一有《いちう》、支考《しこう》、惟然《いぜん》、洒堂《しゃどう》、舎羅《しゃら》、荷中《かちゅう》という顔ぶれの翁最後の一巻となった付合が巻頭に納められている。題箋はもとより翁発句にちなむその集、浜藻は成美に借りて写し取っている。また『猿蓑』にも智月、羽紅、という女弟子が一句ずつ入っている「梅若菜」の巻があるが、これは付廻しで一座して作ったものではない。

おなごが一座して付合を為した歌仙が板に刻まれているのはその他に、江戸の古友尼、直方から出て京に住み直方に戻った諸九尼、そして長崎に幾度も来た長府の菊舎尼などの集で、加賀の千代尼も紫仙女という連衆と歌仙を巻いていて、のちの人が集に収めたと聞くが、成美の蔵書に

はなかった。成美は流派にこだわらず風交を結んでいるとはいっても、美濃派とだけは付き合わない。千代尼も菊舎尼も美濃派の流れなのである。

そもそも付合を版木にかける者が少ないのだ、と浜藻はくちおしいことにおもうのだった。撰集は数多あっても発句集ばかりである。それは主に費用のためであろう。歌仙一巻を載せるよりは自分の発句三十六句並べたいと思うのは人情というもの。

しかし浜藻は付合が好きだった。初会の人でも一座して即座即興の付合をしているうちに、十年来の馴染の人に思えてくる。その人の性情や好みが判る。人間の面白さというものを味わうことが出来る。

浜藻は何とかこの旅のうちに、おなご衆の付合集を作りたい、と無謀な望みを抱いているのだった。

霜月に入って南国の長崎にも雪が舞った。文字通り雪は舞うのであって降るとは思えない。山から吹きおろす風と、海から吹きあげる風に雪はつむじとなって幅の狭い町並の上を舞う。地に舞いおりた粉雪がまた吹きあげられて道筋を走る。

うっすら白くなりはするが積るほどではなく、山々の仄暗い蒼い森は砂糖をまぶしたようになり、檜皮葺《ひわだぶき》やこけら葺の石を置いた屋根の、石の根だけに白い輪を作るのが、高台から見おろすと面白い模様のようである。

待っていた大谷の在からの荷が着いた。信玄袋の上から油紙で包み頑丈に縄を掛けてあって、ほどくのも一苦労な荷を浜藻はもどかしく開いた。

浜藻には新しい小袖と肌襦袢、裾廻しがまた二重に油紙で包んであり、母の早代の手紙があった。

「長崎よりの文珍しう嬉しう披きそろ、遠国にて水や食物変り病《やまい》どもに取りつかれなさらぬかと案じをりそろ、留守中は変りもなく義矩どの村役大事と勤めをられそろ、私こと無事息災なればご案じなさるまじく、久方ぶりに従妹と日々面白おかしう暮しをりそろ、旅先にて不自由のこと是有そろと思へどもなすすべもなくせめてものことに小袖新調いたしそろ。何時お戻りにやお待ち申そろ」

父の便りを首を長くして待っていると結ばれた母の手蹟に浜藻は涙がこぼれた。留守の家には早代の従妹が泊りに来ており、日頃は通いの庭男も不用心だからと泊りこむ手はずにして出てきた。他にばあやと小女がいてそう淋しくもなかろうが、夫と娘が長の旅に出たことは早代にはやるせない思いがしたにちがいない。母さま、ごめんなさい、と心の中で浜藻は謝るのだった。

梅夫には義矩から書状と金子、それに真綿の胴着や足袋下帯が入っていた。

「まあ、うまくやっておるようだ」

義矩は作物の出来や産物の利、村の仕置など几帳面に書いてよこしていた。名主というものは結構忙しい。旗本久留氏への上納や、村のもめごと葬式婚礼などの人別帳の記載、他国へ出る者の手形、貸し借りの立会人と細かな仕事が押し寄せる。名主同士の付き合いもある。義矩はそのような諸事は遺漏なく勤めているらしい。風流に気を取られていた梅夫の方は面倒がっていたのだったが。

「荷が着いたからには、そろそろこの土地ともお別れだな」

「ええ、何だか名残り惜しう思いますねえ、あまりに長崎の人々が親切で面白いことがいっぱいあって」

「うむ、賑やかな面白い土地だ。此処に着いた日のくんちはまず他国では見られぬ祭だった。唐人も紅毛人も見たし、珍しい音曲も聞いた」

「それに阿蘭陀船の出船、唐船が出る前の菩薩下り、竹ン芸とやらもよい土産話になります」

「しかし何といっても面白かったのは渕村の持田家の一件だ。おまえが妙な所に居合わせたばっかりに」

「あら、それじゃあ私が悪いみたいではございませんか、妙な所に居合わせなんだら、持田の家は乗っ取られてたんですよ」

浜藻は父親の前では蓮っ葉な口も利く。

「が、何だな、持田のあるじも心の広いお人だ。皆お咎めなしで騙り男は乗せられたとはいえそのまま許されて居付くことになったのだからな」

「ええ、やはり面差しが似ていると情が移るのでしょう。あの男も悪い性根ではないと言うておられましたもの」

渕村から戻って暫くしてのちのこと、馬印から町飛脚が来て、明日持田家のあるじが同道してお礼に伺うとあった。

「礼など要らぬことだが、さては事が明らかになったらしいな」

「馬印さまだけいらして事の次第を話して下さるというわけにはゆきませんか」

「うむ、来るというのを断るも角が立つ。あるじの顔も見ておきたい気がする」

「でも、こんな狭い仮住いへ。まさか裏木戸からお出で頂くわけにはまいりませんよ」

それもそうだと梅夫が中川屋へ話を通しに行くと、其映も気にかかっていた騒ぎではあり、中川屋の表座敷を使うこととなった。

持田家のあるじは直蔵と言い、骨格の逞しい大柄な男であった。紋付を着て荷かつぎの供も従えてやって来た直蔵は、改まって丁重な礼を述べた。馬印が脇から語るところによると、庭の筵に坐らせた船頭とやくざな男と乳母の前に、直蔵と兄息子という触れ込みの若者は呼び出され、見たとたん、

「こがあなことになると思うちょった」

と偽の兄息子はすぐ言った。かつがれてやって来たものの騙していることが心苦しく、何時打ち明けようかと悩んでいたという。すべては船頭が港に入ったとき、手慰みに出かけた賭場で知り合うたやくざな男の企みであった。

乳母を抱きこんだのは船頭で、遠い縁戚に当ることも初めて判ったし、船頭は船荷の取り合いで、乳母は子の行方知れずになった折に責め立てられて仕事を失い、どちらも持田の家に恨みを持っていたのだった。

生き写しは他人の空似だったが、乳母を連れて讃岐に確かめに行ったときは、若しかしたら本当の子かも知れないと思っていたと船頭は、悪気ではなかったと弁じたそうだ。乳母も半信半疑だったようだが、やくざ男に脅されて一味に加担してしまったのだ。

偽息子の本名は六平と言い、幼いときから家を持たず母親と巡礼とは言い條、実のところは物乞いをして過ごしてきたので、母親が死んで饂飩屋に拾われても、自分の家ではないから、この話に乗れば我が家が持てるやも知れぬと、深くは考えもせず船に乗った。

船中で乳母から持田家の人々、幼い頃に何をしたかどんなことがあったか、繰り返し叩き込まれ、そら覚えでも一応恰好は付けたのであった。海に落ちて頭を打ち、何も覚えていないと言えば通ると唆かされたのだ。

六平は直太と兄息子の名で呼ばれて、聞きしにまさる豪商の家に暮すことになり、怖ろしさ半分嬉しさ半分、この夢のような日が一日でも長く続けばと思っていたそうだ。これまでこんな仕合せな日々を過したことはないと言い、どんなお仕置きでも受けますと殊勝であった。

「あまりに哀れに思われて、息子ではないものの働き手として家に置くことと致しました。ばってん悪い性根の子じゃなかですけん」

直蔵は、自分が強面に任せて他を思いやること少なかったのにやっと気付いたと言う。

「それで、そのやくざ男に船頭、乳母はどう始末なさいました」

「あのやくざ男は土地拂いとし、豊後日田へ出て便を見つけて国へ戻るよう申しつけました。金輪際長崎の土地に足を踏み入れてはならぬと」

やくざ男は六平が身代継いだなら末永く金子を絞り取るつもり、船頭も乳母も分け前を約束されていたが、当座の遊び金を乳母にせびるために寺の裏で落ち合うことにし、そこへ浜藻が行ったわけだった。

「訴人しますとなかなか厄介なもので、志賀どのにも穏便にと願いでたわけでござりました。船頭は叱り置き、暫らくは外海へ出ることはならんと約定させ、乳母も考えてみれば哀れで無罪放免としましたが、これに懲りておとなしうなりましょう。賃仕事なぞ廻してやるつもりでごわす」

「それは温情ある行き届いたお仕置きでござりますな。罪を憎んで人を憎まずとはこれがこと。して弟御は承知なされたので」

「は、思いもかけずあの頑固者が優しうなりましてな。いやあの弟の方はまるで儂が若い頃を見るように強情で乱暴者、親の意見なぞ聞かぬ所もそっくりでまざまざとわが過ちを思い知らされるようでごわしたが、今回ようよう人並の情を身につけたようで、これも皆さま方のお蔭と思うとります」

急に優しくなったのは、兄というのが偽者と判ったからには本当の直太はどうなったか、また蒸し返されるのを危ぶんだのではないか、と浜藻は胸中に思ったがもとより口に出せることではない。父梅夫にさえもその疑いは告げていないのだ。

持田直蔵は礼といって嵩張る包みを三つも差し出した。

「礼を言われるような仕儀ではござりません、ただこの娘が妙なところに行き合わせたというだけのこと、わざわざ足をお運び下さって事の次第を詳しう伺ったからには当方もすっきりいたしましたゆえ、礼の進物なぞご無用に願います」

梅夫は遠慮したが直蔵は聞かなかった。そしてこの事は此の場の皆さま方の胸に秘めて、久松様などへは何とぞご内分にと言い添えたから、いささか口留め料の意味合いもあるのだろう。すでにお佐太に話してしまっている浜藻は、少しうしろめたく思った。けれども渕村での俳諧の座では皆が噂していたではないか、外面を憚っても知らぬはその家の者ばかりというわけだ。馬印も其映も俳諧衆に黙っているとは思えなかった。

其映がそれなら約定の固めの盃をと言い出し、午前《ひるまえ》のことであるから形ばかりの膳と酒が出て、直蔵は機嫌よく辞して行ったのだった。

「面白かったといっては悪うございましょ、でも長崎という土地のよい思い出になります、旅というのがほんとに面白うて、母さまには申しわけないのですけれども、また先々どんな事が起きるやら楽しみです」

「おまえが物好きな所為で、こっちはきりきり舞いさせられるよ。儂は平穏無事な旅をしてよい俳諧集を拵えたいだけだ」

「はいはい、とんでもない娘で悪うござんしたね、育てた親の顔が見たいものですよ」

父と娘は大笑いした。持田の進物は黒い羅紗一反、更紗一反、砂糖三斤というもので、二人は即座に大谷村へ送る手筈を調えるのであった。

次の寄宿先が定まって父娘の出立も近付いたある日、浜藻はお佐太とおなご二人の両吟歌仙を巻いた。

久松家で巻くつもりでいたのに、お佐太が父娘の狭い仮住居を気に入ってしまい、自分の屋敷では気が散るから浜藻師匠の家に参上して巻きたいと、菊也に頼み、

「座敷が十ばかりあるちゅうに、何ぞそげんごつ」

と笑われたそうだが、それでも自分の住居よりは師匠の家の方が気持ちも改まり使用人への目配りも要らぬところから、付合に一心に打ち込めるだろうと俳諧師らしい配慮をして許した。その上梅夫も居ぬ方がよかろうと言って、折柄船も出ぬ季節ではあり、屋敷の手代や番頭、近隣の者にも声を掛けて梅夫に俳諧の手ほどきを頼んだ。雇主の自分が教えるのでは習う者に遠慮があるだろうからと言うのである。

梅夫は束脩を貰って出稽古に行くことになった。路銀の足しにという心遣いもあったろう。またお佐太への罪ほろぼしの気味も少々あったかも知れない。

「浜藻さんとお親しうなってから、お佐太がえらいはきはき物を言うようになりよって」と、別に嫌でもなさそうにこぼしたことがあった。女房の変りようをむしろ喜んでいるふうに見えた。

――何も言わず、ずっと耐え忍んでいる女房は、案外鬱陶しい物かも知れない。

浜藻はそう思ったものだ。

霜月十日、供の者に重箱やら菓子折やら持たせたお佐太が、寒さで少し顔を赤くしてやって来た。入れ代りに梅夫がでかける。

「あちらの方はおきねによく申し聞かせておきましたによってに、ご不自由のことでもあれば遠慮のうお申し付けくだされませ」

おきねはすっかり元気になったのだ。

狭いながら片付けた六畳の部屋に、花を生け香を焚き、文台を前にして二人の女は向い合った。

「よろしうに」

「お頼み申します」

「客発句、脇亭主と申す取り決めがございます。お佐太さまが客のわけですからまず発句をお願いいたします」

付合は即座即吟であるが、発句は用意してきてよい、というよりは挨拶の発句を用意するのは礼儀である。この二タ月ほどのうちにお佐太は浜藻の教えをよく身につけてきた。

行逢《ゆきあふ》や門に二人の鉢叩　　佐太女

「まあ、結構でございます、私ども二人を鉢叩きになぞらえた風流、芭蕉翁の、てのひらに虱這はする花見かな、を思い起しました」

お佐太は褒められて嬉しそうだった。

「では、亭主の脇を」

寒し〳〵とさしくべる柴　　浜藻

雪は積るほどでなく消えたが、朝夕の冷えこみは水が張るほどきびしかった。火桶だけではとても暖まらぬから、一つきりの小さな竈に柴をくべ薪を燃やす。釜の湯気と共に手っ取り早く部屋が暖まる。柴や薪は卯吉が運んでくる。もう易しい草紙は読めるくらいになった卯吉である。

次は第三。

はら〳〵と一むれ露の雫して　　佐太女

雲ふきかける月の夕暮　　浜藻

「露は天象ですから、五句目の月の定座と打ち越になりますゆえ、月を引き上げます」

「あ、心付かぬことで申しわけございません、付合は先々への目配りも要るのでございますね」

「よろしいのですよ。月の定座はありますけれども、月は出るに任せて、と申します。何しろ一年中月は出ていますもの。花の座は引き上げてもよろしいが下げてはなりません」

「はい、助けて頂いてありがとうございます、次は秋ですね」

秋と春は三句から五句まで、夏冬は二句から三句と式目にあるが、百韻の頃の定めだから歌仙では秋三句、必ず月をいれるのである。月のない秋を素秋といって忌む。流派によって式目に少々異同があって指南書が数多板行されている。が、本で読んだ式目は身につかぬもので、何はともあれ実地に一巻付合ってみれば式目がごく自然に、歌仙をうまく成り立たせるように出来ていることが判るのだ。お佐太の五句目が出来た。

破下駄を萩の本にてふみ砕き　　佐太女

「これは家でほんとにあったことですけれど。庭男が」

「萩のもとの破下駄、よろしうございます、ありありと目に浮かびますもの」

人さへ見ればよき顔をする　浜藻

「これは前句を粗忽者と見て、愛想だけはいたってよい人、と仕立てました」

「はあ」

「これで表六句、お酒の出るところですがおなご同士のこと、お茶にいたしましょう」

お佐太は菓子折にカステラ、ボウロ、塩瀬饅頭など取り合わせて詰めてきた。柑子蜜柑という小ぶりで甘い水菓子も入っている。

茶器も取皿も手の届く狭い住居を、お佐太は面白がり羨ましそうでさえあった。久松家は長い廊下やいくつもの部屋を通って運ばねばならない。

「狭い住居はかえって便利でもありますけれど、長く暮すには向きませんよ。時に親子であってもすぐ傍らに人が常住《じょうじゅう》居るのは鬱陶しいもので」

「まあ、そうでしょうか」

いくら物分りの良い父であっても、こう顔を突き合せていると、ひとりになりたい、憚りなく物思いにふけったり横になって自堕落してみたいと思うときはある。浜藻は大谷村の家にいるときも自室にひとり籠もることはよくあった。夫婦親子もそれぞれ自分の部屋を持てるからこその我儘で、長屋住いではそうはゆかぬ。お佐太が羨ましがるのも贅沢なことではある。

「人さへ見ればよき顔をする。面白うございますね。どう付ければよろしいでしょうか」

「面白い歌仙にいたしましょうよ、男衆の度肝を抜くような」

「まあ」

お佐太は裏へ入ってから気持が昂ぶったようだった。ふだんの久松家の奥方とはまるで違った顔を見せる。付句は読本《よみほん》から取ったようでもあった。

一日中かかって二人が巻き上げた歌仙は、まずまずの出来。

「私はおなご衆ばかりの付合集を上板したいと思うております。何年かかるか果して集にするほどおなご衆が見つかるかどうか、心もとないのですけれど、もし願いが叶えばこの一巻が巻頭になります」

まあ、と口を開けたお佐太の眼がみるみる潤んできた。

「では詠みあげます」

表

行逢ふや門にふたりの鉢叩　佐太女
　寒し〳〵とさしくべる柴　浜藻
はら〳〵と一むれ雁の雫して　太
　雲ふきかける月の夕暮　藻
破下駄を萩の本にてふみ砕き　太

人さへ見ればよき顔をする　藻

裏

昔から化粧屋敷と云《いひ》ふらし　太

こゝろの池をうつす宮建《みやだち》　藻

落かかる石を葛《かづら》の引とゞめ　太

怪童といふ児《ちご》の眼を見よ　藻

おもふさま寺の襖に土ぬりて　太

着物着なほす風呂敷の上　藻

三日月を小桶に汲《くみ》て筑紫舟　太

耳の際《きは》にてひとつ鳴虫　藻

秋は猶鴉の嘴《はし》の尖《するど》さよ　太

金掘出してこまり果けり　藻

我ひとりうき世の花をつかねみん　太

肩こす蝶のおちかへる空　藻

名残表

如月や大太刀抜《ぬき》て薬うり　太

板敷辷る摺鉢の音　仝

御神楽の白髪こぼるゝ斗《ばかり》也　藻
　瀧に打たせやせむいたづら子　太
杜宇《ほととぎす》人の浮名は宵のほど　藻
　むしろの上にふりおとす文　太
門跡の竈のけぶり真白く　藻
　長き夜をしる椽《えん》はなの露　太
月を見る天窓《あたま》の数が十ヲ斗　藻
　秋の余波《なごり》に客を送りて　太
石拾ふ事が好さに年よらず　藻
　はたちも蔵のたち並びたる　太

名残裏

紅毛が舟のしるしをひらつかせ　藻
　何やらの賀のさゝげ物して　太
鶯も雀もそこらあたりなり　藻
　青海苔干て渋茶呑居る　太
花による女所といふそらや　藻
　梅のにほひもたのむ春風　太

（『八重山吹』より）


「お佐太さま、おみごとでございます、菊也さまがごらんになったら吃驚なさいますよ」

「ほんとにありがとうございます、何度も助けて貰うてじぶんの句ではないようですけれど、よろしいのでしょうか」

お佐太の句は幾度も浜藻が手を入れて形を調えたのであった。直しに力が入って浜藻自身の句はいつもより不出来な気がする。教え導くということはむつかしい。

「付合ですからね、一句の中でも付け合いをする、お佐太さまの考えに私が和したというわけで、どちらがどうでも二人の作ったものなのです」

「おかげさまで、少し付合の気味というものが判りかけたように思います。良いお師匠に巡り合えて仕合せでございます」

お佐太は持ち帰った懐紙を菊也に披露し、浜藻がおなごばかりの付合集を板行したいと願っていることも話したようだ。

次の日戻ってきた梅夫が、明日おまえも久松へ来て欲しいそうだ、楚江さんも呼んで何やら話があるとか、と告げた。

梅夫と連れ立って訪うと、

「これは浜藻さま、お久しうございます」

番頭の多兵衛も来ていた。久栄丸で世話になったが、船を下りてからはずっと会っていない。いかにもなつかしげなのが浜藻は少々可笑しかった。

「ほんとにかけ違って、くんち以来でございますね。今日は船の御用はないのですか」

「へえ、もう船は出しませんので、此の間から梅夫さまに俳諧の手ほどきをお願いしておりますで」

「まあ、多兵衛さんも。それはそれは」

「勝手が違いましてな、船の舵取りの方が楽なようで」

「あら、これだって習うより馴れろですよ、付合を覚えておおきになれば時化のときや風待ちの折に退屈しなくて済みますよ」

ああそういう効用もござりますなと多兵衛は頷き、何しとっか、早う上って貰えと菊也が奥から声を張り、お佐太が走り出てきて嬉しげに挨拶した。

腰をおろしたところへ楚江もやってきた。

「何の御用でござるかな」

ひとしきり挨拶を交しあったり運ばれてきた茶の熱いのに一ト息ついたりしたあと、楚江が聞いた。

「そのことだ」

菊也はまず、お佐太と浜藻の両吟懐紙を見せ、なかなか大したもんだと女房を見直したような

顔でいい、

「浜藻さんは、何とおなごばかりの付合集を上板したいちう望みがおありとか。その上板の折にはこの一巻が巻頭になる。女房のためじゃあないが見上げたお志、儂も一肌脱ごうと思いよっと」

「ほう、そりゃあ一肌も二肌も脱ごう気はあるが、さて、おなごの俳諧衆を儂は生憎知らんのだが」

　という楚江へ菊也は押しかぶせるように、

「楚江さんは筑前の伊藤常足《つねたり》先生に折々教えを乞うておられようが」

　と何やら含みのある口調で言った。

「そうだが。常足先生が、あっ、判ったぞ」

　楚江が膝を叩く。

「そうじゃった、秋枝の才女がおる」

　筑前山鹿郡に儒学者にして歌人としても名高い伊藤常足という人がいる。一帯に教えを乞う者多く、中でも大庄屋の秋枝家というのが代々文芸に秀で、当主とその妻は共に和歌俳諧の道にいそしんでいると楚江は話した。

「折々の撰集にも、秋枝のあるじは瑞之《ずいし》、妻の方は紅蓼《こうりょう》、紅い蓼《たで》じゃな、そげん号で入集しておるのを見たことがある。あれならば浜藻さんとええ勝負になりよっと。しかし、儂はまだ対面したことはないが」

「常足先生にかくかくしかじかと書状を送って添状貰うわけにはいかんかの」

「ああ、ありゃあまことに心の広い師匠で、身分に拘らず教化なされるお方、話は通るじゃろう。では儂が一筆というわけか」

それで呼んだのだと菊也は言い、梅夫と浜藻も諸国行脚の次第を書き、かつおなごの俳諧集上板の望みも訴える書状を差し上げてはどうかと言う。夏目成美の添状も共にと。

願ってもないことであったから、浜藻は嬉しくありがたく、礼を述べて早速書状の文案を練りはじめた。

菊也は楚江と父娘に別々に文机墨硯筆を揃えて出し、長崎俳諧衆として自分も一筆走らせるのであった。

楚江が伊藤常足先生に宛てた書状に、同封して秋枝家、というのは秋枝勘治郎広成こと瑞之、秋枝家子こと紅蓼の夫婦で、大層徳のある一家だそうな。元は毛利の藩の家士であったが黒田長政になってからは農と商の大庄屋になったということであった。山鹿では一番の名高い一家であるらしい。

菊也は書状と共に伊藤常足への進物まで見つくろって飛脚の荷を仕立てるという心配りであった。

「早うて五、六日、あちらで評定があるならば七、八日も十日もかかろうか。気長に待っとられませい」

「いや、まことに何から何までありがとう存じます。日田へ移ろうかと思うておりましたが、こちらが首尾ようゆきましたならば、筑前へ出た方がよろしいかな」

「そうだな、筑前築後の俳諧衆を廻ってのちに豊後豊前へ出られた方がよろしかろ。日田からは讃岐も近いことだし」

行き届いた心配りに深く感謝しながら、父娘は書状を案じた。さして難しいことではない。諸国行脚というものは始終次の行先を決めるたび書状を送って仮寝の宿を探すのだ。旅する俳諧師に宿を乞われたら快く引き受けるのが習わしで、断る者はまずいなかった。身内に病人があるとか都合悪しければ別の伝手を見つけてやる。連衆同士の礼儀というものであった。

瑞々しい芝、紅い蓼、と風雅な号を持つこの夫婦は、必ず快く招いてくれるに違いないと浜藻は思う。さらさらと書き終えてからふと浜藻は気になったことを訊いた。

「あの、黒田藩のご城下では、おなごのひとはお歯黒付けていますでしょうね」

虚を突かれたように、あ、と口を開けた菊也は、楚江を見た。うむと腕を組む楚江。

「さて、常足先生の奥方は染めてござらっしゃる。朝駈け夜道の一筋で寄り道ばしたことはない故おなごにも会うとらんが、まず、年、いや嫁いだおなごはお歯黒のようじゃな」

楚江は年増と言いかけたのであろう。菊也も、

「京大坂はもとより、博多小倉もそのようだな。浜藻さん、他の土地で白歯《しらは》のままでは遊女と見

られよっと」

と笑う。そりゃあないだろうと梅夫も笑った。

「長崎では皆さま白歯でござりますね。何故でしょうか」

男どもは考えたこともなかったようだ。ややあって菊也が言うには、大きな声では言えないが長崎はポルトガルの宣教師が建てた町、海の向うの国では歯を染める習慣は無いから、おのずと土地の者も染めなくなったのだろう、切支丹ご禁制となっても唐人や阿蘭陀人が見る折も多く、審かしがられるのでずっと白歯の習わしになったのではないか、ということだった。

「浜藻さん、ここ長崎と黒田藩のご城下とでは諸事万端大きに違いますぞ、ご用心なされ」

「はい、心がけます」

書状を認め終えると浜藻はお佐太を探した。奥で何やら針仕事をしていた。

「お邪魔でしょうか」

「いえ、何やら込み入った話のようでご遠慮しておりました。これは浜藻さまがそろそろお発ちになるというので、綿入れ頭巾をと思いまして」

「まあ、私に。好みの色でございます」

古代紫の羽二重と真綿など散らかしてあるのを眺めながら、浜藻は胸が熱くなった。

「お発ちになるのがほんとうに淋しうござります。折角俳諧も教えて頂きましたのに」

「そのことですけれど」

俳諧を続けて欲しい、と浜藻は言った。

菊也もお佐太の付合を吃驚して見て考えを改めたようだし、番頭の多兵衛や手代たちも梅夫に習って覚えようとしている。ご用の隙にはぜひ付合で遊んでほしい、ついてはおきねにも教えてはどうか、と言った。

「え、おきねに」

「はい、俳諧に身分の差はないのですよ、例えば」

浜藻は芭蕉翁の『嵯峨日記』のことを話した。高桑蘭更が安永四年に『落柿舎日記』として上板したもので、元禄四年蕉翁が去来の別墅落柿舎に仮寝されていた日々の記。その中に「蚊帳一はりに上下《かみしも》五人寝たれば」という一節がある。五人とは、芭蕉と去来、京から訪ねてきた凡兆と妻の羽紅、それに家敷守の与平。

「去来さまは歴とした武士のお家、凡兆は町医者で妻の羽紅は尼ながら女の身でひとつ蚊帳に、与平は近在の百姓の身分とか。それが頭を互い違いに共寝なのですから、俳諧衆となれば身分も男女も関りないと芭蕉さまはお考えだったのです」

お佐太はひたすら感じ入ったようだった。

「それに、歌仙一巻に詠み込むべきとされているものが三十六ございます、山川草木雪月花鳥獣虫魚神祇釈教恋無常酒に食物述史、この述史というのは古《いにし》えの事どもを詠み込みます。源氏平家伊勢の物語や古今新古今などの八代集、下ってはお伽草子なども一ト通り知らねば俳諧師とは申せません。諸国往来名所図会など菊也さまがお持ちでしょうから、少しずつ御覧なさいませ。そのとき連れがあれば力になるものですから、手近なところでおきねさんを」

長崎におなごの俳諧師が育てば、じぶんがここまで旅をしてきた甲斐がある、と思う浜藻は心をこめてお佐太に説いた。

「馬印さまにおてつさんをお連れいただくとか、また他の俳諧衆の奥方の中にも嗜まれる方があるやも知れませんよ。でも、其映さんのところは駄目ですけれどね」

其映の妻の痩せぎすで権高な物言いを思い出しながら、浜藻は笑った。

「うちのような不束者で、どこまでお言葉に添えるものか判りませんけれど、おなごの俳諧の座ができたらと思うと、何だかもう春が来たような気持になりました。怠りなくつとめてまいります」

浜藻さまがいらしてからうちはずっと春の陽気の中にいるようです、とお佐太は微笑んだが、すぐ、別れの日が近付いていることを思ったのだろう、みるみる眸がうるんで泣き笑いの顔になった。

「そうそう、おきねさんに鰯の鮓《すし》の作り方を教えて貰うのでした。これは何としても覚えてゆかねば」

「あ、それなら明日にでもよい魚を調えて用意いたしますよ」

お佐太はまた元気になっておきねを呼びに行った。

以前の卯吉とのことを打ち明けてから、おきねは何となく浜藻の前に出るのを憚るようであったが、長崎を去るのであればわだかまりも消えるだろう。手馴れた料理を習うことで気分良く別れたいと浜藻は思うのだった。

筑前へ出した使いが戻るまでの間、鰯の鮓の作り方を覚えたほか、かねてから招かれていた登龍の凧造りの店を父娘で訪ねたのも、良い長崎の土産話であった。

登龍の店は佐賀藩の藩邸に近い恵美須町にあり、店の軒下には昇り龍を染め抜いた暖簾がかかっていた。

「なるほど登龍さんの店だ」

店の印を雅号としたわけで、「凧」と大きく赤く染め抜いた幟と共に何やら勇ましい。

霜月も半ば過ぎの風の強い底冷えする日であったから、店の大戸は閉め切ってあったが、戸を叩くとすぐに手代らしい若い男が内から出て来、五十嵐さまでござりますな、と言った。店の中は仄暗く、奥まった帳場に年のいった男が坐っているのが見えただけだった。さあどうぞと中に導かれて梅夫も浜藻もあっと声を挙げた。

長押という長押に皆大きな形もさまざまな凧が掛けてある。色鮮やかなのや大胆な意匠のや長いの三角四角に翅のあるのと目を奪われる。

「やあ、ようこられました」

若いのが呼びに行ったらしく、奥から登龍が出て来て満面の笑みで迎えた。

「今日はえろう冷えますなあ、早う上ってごしなされ。そこは寒かろう。燃え易い物ばっかりだもので火の気がのうて」

そういえば番頭らしいのは綿入れ袢纏をむっくり着込んで丸々としている。火鉢を使わず温石だけで我慢しているのだろう。

「先ずこの見事な凧をよう見せて貰います」

梅夫が言い、浜藻も、

「ずいぶん大きなものですねえ、これが空に上るのでしょうか」

凧から眼を離さずに言う。登龍は嬉しそうに番頭に向って言った。

「客人は江戸のお方でな、えろう凧が珍しかごとある。おまえ話してあげてくれ」

この番頭が実は我店の大黒柱でして、と父娘に桂六だと番頭を引き合せた。

へえと会釈した桂六は、客があるたびそうしているのだろう訥々ながら馴れた口振りで、まずこの大けな長いのはばらもん凧と申します、と凧を慎重に長押からおろして見せた。烏賊の化物みたようで身をくねらせた龍が描いてあり頭に弓が付いている。そこに小布が貼ってあった。

「これが風に乗ると鳴りますでな、ばらもんは風の箏《こと》、風箏《ふうそう》とも申します、この尾をひゅうと呼んどりますが飛ぶ尾、飛尾ですな」

「こんな大きな凧、どうやって空にあげるのですか」

高さ六尺幅二尺の上はあろうという大凧である。これは三人がかりで上げるのだと桂六は言った。

よく似たのに「剣舞箏」「かぶとばらもん」というものもあった。蝶そっくりの蝶凧、海老尻という尻尾の生えたの、奴凧、文字凧、花や鳥が魚に紋所が描かれた菱形の凧はあご凧というのだそうだ。凧の模様は四十種類くらいある、と棚から模様の見本帳を取って見せてくれた。

凧は殆ど注文で造る。出来合いを売るのは子供用だけである。いま注文が続々と入って裏の工房は忙しい。一枚の凧でも職人が三人がかりである、殊によま造りは難しく手も暇もかかるのだという。

「よまというは」

「あ、凧糸のことで。こげん大きな凧は麻糸を絞ったものを使います。ばってんこの絞りが上手下手で大きに違う上に、これにびいどろを砕いたものを糊で練って貼って乾かす、これが日にちがかかりようとです」

「びいどろを。それはまた何故でござるな」

凧は上げるだけでなく糸を切り合う合戦をするのだそうであった。糸を切るためにびいどろを貼りつける。うちにはこのよま造りの名人がいておかげで注文があり過ぎるほどある、と桂六は広がった鼻の穴をふくらまして言うのであった。

登龍は奥座敷に酒肴の用意をして待っていた。凧造りだけで暮せるよい身分のあるじは、自分も紙を貼るのや模様描きはやるがよま造りは手に負えぬと言って笑った。

中庭の向うが広い工房らしく人声もしているが、細工の場は人に見せないでのであろう。

「あのでっかいばらもん凧ちうは、名からして唐渡りのようですな」

「唐渡りというか、元は南蛮らしうてな、出島の南蛮人は凧を操るのがうまか。こっちのは皆切られよる」

「ほう、出島でも凧を上げるので」

阿蘭陀人はやらぬが、使用人の南蛮人は凧合戦の日には商館の屋根へ登って挑んでくるのだそうだ。武家屋敷でもあげるし、町の衆は風頭山《かざかしらやま》の麓や稲佐山の裾で合戦をする、見物人は弁当や酒を持って春の凧合戦を楽しむ。唸りをあげて大小の凧が飛び交うさまは勇壮で大したものらしい。

「まあ、見物したいものですねえ」

「うむ、話だけでも気の逸《はや》るようだ」

父娘が頷き合っていると、如月に入った頃また長崎に戻りなされ、と登龍はすすめた。

「九州一円を行脚してなさるなら、こっちへ戻るのはたやすいこと、まず凧合戦ほど長崎らしい見ものはなかとです」

「くんちもございましょうが。馬印さまの渕村のお屋敷ではべえろんとかが何よりの見ものと申されましたが」

「あっはっは。そうじゃった。凧上げ、べえろん、くんち、あ、盆の祭りも唐船の菩薩《ぼさ》上《あ》げも、まず他国ではみられんごつ」

「やあそれでは一年中居らねばならんな」

酒を酌み交して上機嫌の梅夫と登龍。

「ほんとうに長崎はよい土地でございますね、面白うて珍しうて」

その長崎を発つ日がやってきた。

楚江の許に山鹿から便りが来たのは八日めのことだった。知らせを受けて父娘は久松の屋敷に集った。

楚江は、進物の礼と確かに秋枝家へ届けたという伊藤常足の書状と、浜藻に宛てた秋枝家子の状を携えて、

「封印はなかとでつい開いて見たが、首尾ようゆきましたぞ」

自分の手柄のように威張って言った。確かに楚江の仲だちではあるが、進物は菊也が用意させたものだ。

「ありがとうござります」

梅夫と共に頭を下げた浜藻は、少しどきどきしながら秋枝家子の書状を披いた。

女にしては少し大ぶりな、習練のあとが見えるかたちの良い筆蹟で、父上共々我家に杖を曳かれてごゆるりと逗留なされませ、とあり、江戸からの長旅の道筋の話、付合の筋ももろもろ対面の日を待ち焦がれております、などと行き届いた返事であった。

「儂は付け足しみたようだが」

書状を受け取った梅夫はそんなことを言ったが、

「いや、常足どの状には秋枝のあるじも喜んで迎えるとあります」

と、登龍がこれは手習の手本にしたいような見事な漢文の書状を見せた。

次の行く当ては定まった。いざ発つとなるとこの三月《みつき》ばかりの長崎住いのあれこれが、急になつかしく胸に湧き出るものがあった。

「皆様のご厚情、何と御礼もうしあぐるべきか言葉もござらん。身内同様に何から何まで面倒を見て頂き、五十嵐梅夫、生涯で一番心に残る土地となりました。ここでの付合必ず板に刻んでお目にかけます」

「名残りおしいことではある。半年でも一年でも当方はかまわぬのだが、諸国行脚の志とあらば致し方もないのぅ。山鹿へはどう行かれようか。船の便も博多まではあるが」

菊也は、山鹿まではざっと五十里ある、船の方が楽だろうと言った。その船で来るときに思わぬ嵐とかでくんちに間に合わなかったのであるが。

「あの、私、去来さまが、君の手もまじるなるべし花すすき、と詠まれた日見峠をこの身で歩いてみとうござります」

「ほう、そうか、日見峠も去来の名句で名所《などころ》になったか。俳諧衆たるもの我が作でもって新しう名所となろうほどの一句を生みたいものだ。なあ」

菊也は自分も望みあるかのように呟く。

「そりゃあ、とんだ大望だ」

楚江が笑う。長崎俳諧衆はこれまで付合をしたり発句合せをしたりの中で、特に秀でた才の者は見受けられなかったと浜藻は思う。

「でも、皆そのような望みを持って習練いたしたいものでございます」

「うむ、一等見込みあるは浜藻さんかも知れんぞ」

とんでもないと笑い事にしたが、もしおなごばかりの付合集が出来たなら、それは後の世に遺るかも知れない。子を生さぬ浜藻にはそのような手だてしか生きた証しを遺すことができないのだ。我子を生むように、たとえ何年かかっても必ず仕上げよう、母さまごめんなさいと胸中で遠く留守を頼む母のことを思った。帰る道々に、

「長崎の衆は皆親切ですけれど、わけても菊也さまは格別で行き届いたお世話を頂いて」

と浜藻が父に話しかけると、

「うむ、それがな」

ここ数日、俳諧の指南に久松家へ通っている梅夫は、二人でゆっくり懇談することができた。

菊也は、浜藻さんと知り合うてからお佐太が大層明るく晴れやかになり、立居振舞も物言いもてきぱきとして家内《いえうち》が春のようになった、と言うのだそうだ。そして、名主の妻でありながらようも諸国行脚を思い立たれたと、事情を聞きたそうであったのでつい話してしまった梅夫だった

のだ。

「それはあの、姉さま一家のことも」

「うむ」

梅夫は口をつぐんだが、父のことだ、酒でも入っていれば浜藻の夫のこと子の出来ぬわけまで打ち明けたのではないか。さてこそ菊也の過分な心配りもあろうというもの。

親切といえば其映もそうである。三月《みつき》分の家賃を拂おうとすると要らぬと言う。客人から店賃など滅相もない、いろいろ教えて貰うたし面白い話も聞かせて貰うた、何より顔を合わせる楽しみがあった、当方から礼金を包みたいくらいのもんだと言う。

「ご妻女の手前もあろう」

とおよその見当で店賃を押しつけると、次の日、妻女の機嫌が良かったと言いながら餞別の包みを持ってきた。中身は拂った店賃を上廻るものであった。

連衆が都合つけて送別の宴を張ってくれるという。場所はまた松ノ森神社の大楠の下にある千秋亭。

「儂だけなら丸山の花月にするんだが、と言っておったぞ。大きに損した」

梅夫が笑いながら伝えた。男だけの宴なら丸山で遊女を揚げての送別の宴になるところなのであろう。

「あら、悪うござんしたね」

心にもないことを返す。実のところ梅夫は二度ほど誘われて丸山に登楼しているのだ。昼遊びで泊りはしないものの遊郭がどんなところかは知っている。出島へ通う遊女を見掛けたこともある。俳諧を嗜む者もいるからもしおなごも登楼できるのであれば、撰集に遊女の句も添えたいものだと思っている。元禄の昔から数々の撰集に遊女の句も入集しているが、男だから集められるのである。

発つ日が定まってからは忙しかった。

江戸では手に入りにくい珍しい物をつい買い求めるので、荷造りが大事《おおごと》な上にとても父娘で運べそうもない、寒い折のことで着料だけでも荷が脹れあがる。久松の家で借りた道具の数々も返さねばならぬが、発つ日まで火鉢も鉄瓶も必要なのだ。

卯吉が炭を持ってきた折に、

「二十四日あたりに発つのだけれど、その後で大八車を曳いて久松さまへお返しする物を取りに来ておくれでないか。中川屋へもそのように言うておくから」

と頼んだ。卯吉はずいぶん読み書きが上達して、気持も明るくなったのか物言いが確かりしてきている。水主仲間とも付き合わず孤りでいたのが近頃は一緒に遊ぶこともあるという。

「あねさんを神とも佛とも思うちょるとに」

情けなさそうな顔であった。浜藻が長崎を去るのを一番悲しむのは卯吉かも知れない。

送別の宴は十人ばかり集まって賑やかであった。

「春になるまで居られればよか」

「そうじゃ、何もこの寒いに出て行かずとも、ばってん長崎に飽きたとじゃなかろ」

「武蔵の在所へ飛脚便が往復するまで、と約定して住処もお借りしたわけ故、先の行く当ても決まりましたし。ほんに皆様には身内同様行き届いたお世話を頂き、飽きるどころかまるで故郷のような気がいたします」

梅夫が言うのへ浜藻も揃って辞儀をした。

徒歩《かち》で日見峠を越えてゆくというと、吾友が、そんなら矢上の先まで自分も見送りかたがた用もあるから一緒に、と言った。

吾友は穀物商で小豆、大豆、粟、麦などの買い付けに行く懇意な家もあり、先ず最初の泊りは儂が引き受けた、と胸を叩いた。

長崎から豊後小倉までの長崎街道は二十三宿五十里ばかりだそうだ。日見峠は西の箱根と言われる位で登り下りとも七曲りの難所だとおどかされた。まさかと浜藻は笑ってしまった。何しろ市中から頂きが見える山なのだ。峻険な箱根八里とは比べものにならないだろう。もっとも浜藻は箱根は関所まで駕籠を使ったのではあった。

「吾友が行くなら儂も見送りに行くか」

其映が言う。道筋に親しい古賀人形造りの家がある。久々に訪ねてもよいと思いついたらしかった。情が深いというのだろうか。

馬印は来なかった。妻女の病が重いらしい。暫く馬印に会っていなかったから、この席で会えたらおてつの俳諧修行を頼み、お佐太と引き合せる折も栫えて欲しいと言うつもりだったのだが。

皆がそれぞれ餞別を包んできた。中には半紙一帖というものもあったが、おおかたは銀子である。小粒銀、豆板銀、南鐐銀とさまざまなのをすべて数えると三両の余もあった。皆旅といえば路銀と判っているからだが、長崎は富裕な町だとしみじみ思わせられる父娘だった。住んでいるだけでお上から毎年何がしかの銀を下される町は、此処しかないだろう。

父娘は色紙短冊を用意して配った。梅夫は短冊だが浜藻は絵筆もふるって色紙に自画讃をしたから、皆が比べあって大層な騒ぎ。

「おそらく二度と相見《あいまみ》えることなかじゃろう。息災をいのります」

誰かが言うと、

「いやいや、凧上げには是非ともまた渡らっしゃれと言うてある。春に再会しようとな」

登龍が陽気に手を振った。おおと声が上りおかげで別れの挨拶がさらりとしたものになった。

帰りがけ菊也が其映を呼び止めて何か言い、其映が返して言い合いのように見えた。

「参った、参った」

家へ帰る道筋、其映がこぼす。

「菊也どのが、元々は我家の客ゆえ三月の家賃を拂うと言いよっと、はや貰うたゆうたら怒りはってな。それじゃ儂が江戸の随斎どのに申しわけが立たんとか、それは返せと責められよっと」

「しかし、その店賃の分は餞別として頂きました。しかも過分に」

「それとこれとは別じゃとよ。仕方なしに受け取ってしもうたが」

「何ともはや、皆さまのご厚情この上はありません。明日改めて久松へ挨拶に行く心組みでおります故、お礼言上いたしましょう」

店賃の二重取りになるから今貰うた分も渡すという其映と、梅夫の間で言い合いになる。浜藻は其映の妻とお佐太が何かで出遭うこともあろうかと思い、菊也さまに頂かれた分はご妻女にお見せになった方がよくはございませんか、と言った。なるほどと其映は頷き、前に貰った店賃分を妻女から餞別として包ませると言う。それはいかん、無用だと梅夫が首を振る。浜藻は笑ってしまった。

「矢上の先まで道中一緒なら、途中の茶代なぞ其映さまにお願いしては如何でしょう」

茶代と最初の泊り賃は其映が持つということで納まった。ばってん初めから宿代持つ心算じゃった、と其映はまだ呟いている。

長崎の豊かな旦那衆であるからこそ、こんな勿体ないような言い合いも生れる、ここを離れたらまるで違うだろうと、浜藻は気持を引き締めるのだった。もう心は次の土地へ向いている浜藻だった。

二十四日暁暗、足袋の上に革足袋というものを穿いた。ぶくぶくとこわ張っているが寒さしのぎには何よりと、これも久松の家で貰ったもの。最後の挨拶に行くと父娘にそれぞれ用意してくれていたのである。

雪のちらつく旅路に重宝なものだ。菊也は餞別として一両小判を長崎西浜町年寄久松熊十郎より五十嵐梅夫どのへ、と但し書した紙に包んで、

「銀の方が使い良いに決まっておるが、銀ばかりでは持ち重りするでな。道中盗人に狙われ易くもある。片田舎で小判なぞ持っておると疑われることもある故」

と壱金壱両餞別として、とあるのを渡してくれた。滅相もない、過分にもほどがあると辞退する梅夫に、ここでの付合を板に刻まれる折の入花料と思うてくれ、と菊也は取り合わなかった。実のところ餞別は皆銀であったから巾着は破れそうだったのだ。

浜藻はお佐太に、渕村から見た景色を絹布に描いて一幅としたものを贈った。お佐太は涙ぐんでいてろくに口も利けないふうだったのだ。そして、気を取り直してから、家は居抜けのまま片付けなぞせずともよい、今は暇で手も余っているので片付掃除に何人か行かせる、一切心配は要らぬとこれも親切な手配であった。

だからもとより見苦しくはないように片付けはしたものの、借りた道具もそのままである。嵩張ってしまった荷は菊也が船で豊前小倉まで送ってくれることになった。

草鞋の緒を締め、綿入れ羽織にお佐太の心入れの綿入れ頭巾、その上に蓑笠だから浜藻はふだんの倍くらいに脹れ上って見える。梅夫の方は此処で求めた羅紗のマントというものを着ているので蓑笠を付けてもさほど脹れてはいないから、うふうふ笑うのに浜藻は怒ったふりをして睨ん

だ。

と、そのとき裏木戸をほとほと叩く者がいる。父娘は顔を見合わせた。旅立ちは表口からであるし、吾友とは桜の馬場下で落ち合うことになっている。

「何だ、こんな暗い内から」

と呟きながら梅夫が裏木戸へ行き、何やら言い交す声がして姿を見せたのは、頭巾に顔を深く包んだおきねである。その後ろに茫と黒い影は卯吉らしい。

「大層お世話になりましたゆえ、お見送りさせて頂きたく、参じました」

「まあ、こんな夜も明けぬ内に。それはそれは」

「卯吉を用心棒に頼みまして。あの、この後そのまま残って片付けをさせて頂きます」

「お佐太さまもご承知で」

はいと頷く。道中の慰みにと呉れた袋は金平糖であった。

卯吉は何も知らぬままだろうが、おきねが卯吉を連れる気になったことが浜藻には嬉しかった。お定まりの挨拶を交していると、母屋の方から人が声を掛けてきた。其映も支度が調ったらしい。ではと表へ廻る父娘を二つの影がひっそりと見送っていた。

其映も蓑笠をつけ、背はあまり高くないせいでまるで猪みたような姿である。小僧に提灯を持たせ、陽が昇る所まで付き従うらしかった。雪は夜目にも白くちらちらと舞っている。

「いざ、出陣」

其映はふざけ、内儀の切火に送り出されて四人は長崎街道へ出た。店の前が街道なのである。少し行くと桜の馬場に出、吾友がやはり供の者を連れて足踏みしながら待っていた。其映も吾友もこの寒さのなかを物好きではある。蛍茶屋で朝飯の茶漬ということになっていて、そこからは七曲りの登りになるという。

桜の馬場は元長崎氏の居城の跡、切支丹大名の長崎氏はお取潰しになったが、城の古址の麓に春徳寺があり、ここまでは父娘も来て早々に案内されて参詣している。芭蕉翁と去来の碑があるからだった。

その先は初めての道を鳴滝へと進み、蛍茶屋に着く頃漸く空は明け初めて、提灯が要らなくなった。早立ちの旅人のために明け方から店は開いていて、茶漬けを喰わせるのである。供の者も同じ熱々の茶漬をかき込み、道中ご無事でと腰をかがめて戻って行った。其映と吾友は翌日《あす》に戻るのではあったが、家をたとえ一夜でも離れる気分はやはり旅心となるようで、其映が、

「うむ、ここで一句ひねりたいものだ」

と言うと、吾友も、

「さいですな、各々発句合せといきましょうか、歩きながらの句会もよかです」

乗り気になって言う。

「儂もそう思うてな、歩きながらだとよく句が浮かぶ。もう一句出来たぞ」

これはまた、早い早いと囃されて梅夫は披露した。

「秋冬の移りかはりを三月越《みつきごし》」

ほうと其映は自分でも秋冬のと口誦み、

「これは長崎への挨拶、よか出来」

と手を打つ。この三月皆の衆のおかげで何不自由なく面白可笑しゅう過させて頂いたと前書を付ける、と梅夫は言う。

「なら、発句合せじゃのうて付合にしよ」

「そうですな、送別吟でせめて半歌仙でも」

というわけで、山を登りながら付合を連ねることになった。俳諧衆たるもの皆懐に矢立と手帖は入れているのだ。

空は灰紫から薄紅を刷いたようになり、山陰の道は暗いが陽は峠の向うにもう昇っているのだろう。日見峠は日拝みとも言い、元旦の日の出を拝みに登る習わしもあるという。

町なかの雪はすぐ溶けて消えるが、山の樹々の下に白く残っている。振り返っても生い茂った樹々に遮られて町は見えない。春徳寺の庭からまるで足下にあるように、切れこんだ入江が青々として対岸の岬が船の舳先のように見えたものだったが。

吾友と並んで先に立っていた其映がつと足を止めた。

「脇が出来たぞ。雪の小蓑にすがりては行く、どうだ」

ええじゃないかと皆が足を止め、手帖に書きつける。

「この山道、しかも雪の舞う中で、全く我ら風狂も極まれりというところだな」

「風狂の同行四人、これも話の種。ふうむ、秋冬の移り変りを三月越、雪の小蓑にすがりては行く、か」

次の第三を付ける吾友が、発句と脇を繰返し口誦みながら登って行く。参勤交代の大名行列も長崎代官の入れ換りの行列も通る道だから、山中にしては幅もあるし歩き易く踏み固められている。上の空で付句を考えながら歩いても大事ないのである。

登って行くうちにいぶる煙の匂い、火の匂いが鼻先に感じられた。もう峠の頂上に近く茶屋があるらしい。下の方では人声もするから、この難所は案外往来が多くて誰も峠の上でひと息つくのだろう。

「おおい、出来たぞ。が、上の茶屋まで登って披露することにしよ」

吾友が大きな声で言う。其映は息が切れたような有様で、浜藻も蓑笠を脱ぎ棄てたいほど躰が熱くなっていた。茶屋は少し離れて二軒あり、向うの茶屋には荷かつぎらしいのがもう三人も休んでいた。峠の向うから長崎へ、また長崎から向うの村へと行商が行き交うのだろう。

団子、甘酒と絵入りの暖簾が出ている茶屋の床几で、一同は甘酒を頼んだ。

向うの空がきらきらと眩しい。唐津焼の大ぶりな湯呑の熱々の甘酒に手を温めていると、かあっと陽が射して朝の日輪が峠の上に出てきた。

「第三だ。色かへぬ松のあるじとはやされて、と出来た。どうかな」

吾友はうまく作ったというかおである。

「うむ、儂の脇が別れを惜しむ風情で、その主《ぬし》は志操堅固な男、という付けだな。梅夫さんに何よりの句」

其映が賞める。いやいやと梅夫は手を振って、残るお方こそ松のあるじ、と返す。皆が手帖に書きつけると浜藻の番である。

「これは秋になりますねえ」

色変えぬ松は秋の季語なのだ。年中ある松ではあるが他の木々が色づいて落葉する頃に常盤の緑が目立つからであろう。そうか秋だったかと吾友が額を打ち、何季移りでいい、浜藻さんに月を引き上げて貰おうと、其映が助け船を出す。付合には四季を折り込むが、季と別な季の間に常には雑《ぞう》の句を入れる。季から季へ付けるのを季移りというのだった。

月の定座は表五句めであるが、月は出るに任せてといい、早く出しても遅く出してもかまわない。年中月は出るからで花の座は早く咲くのは良いが遅れてはならぬことになっている。

「月ですか」

頷きながら浜藻はそっと立って裏へ廻った。宿場ごとに茶屋があるのはおなごの身にありがたい。男どものようにそこらの茂みで尻を捲って野尿野糞とはゆかないのだ。

身仕舞を直して空を仰いだとき、付句が浮かんだ。

「月より丸きものとてはなし、と不出来ですけれど」

おお、これもよう付いておる、ええじゃないかと四句めも定まった。

秋冬の移りかはりを三月越　梅夫
　雪の小蓑にすがりてはゆく　其映
色かへぬ松のあるじとはやされて　吾友
　月より丸きものとてはなし　浜藻

浜藻は朝陽を見て月に置き換えたのだが、前句の人の円満さも思わせる句になったのである。

四人の句が揃ったところで立ちあがる。茶屋の先を少し行くと、峠の向うが見える高台に出た。

「まあ」

葉を落した冬木立を透かして村落が見え、所どころ雪を残した田畑に薄い煙がたなびいている。右手にはきらりと陶器の破片のような、きらめく青い海がちらと見えた。海を背にして来たのにまた海が見えるのがこの土地らしい。あら海が、と浜藻が呟くのと同時に、

「おっ、鶴だ、鶴だ」

と梅夫が叫んだ。左手の空を今しも十数羽の鶴が大きく羽根を広げて飛翔している。頭の黒い姿の美しい鶴の渡りである。

まあ、と浜藻は何故かこれからの行き先の吉祥を見たように思った。心が鶴の羽ばたきに乗っ

てゆくようだった。

右手《めて》に海左手《ゆんで》に鶴や日見峠

浜藻

附篇　五十嵐浜藻の生涯と仕事

はじめに

五十嵐浜藻は、江戸期に於て他に比類のない女性俳諧師であり、ただ一書しか上板しなかったにしてもその俳諧集『八重山吹』は、すべて女性ばかりの付合（連句集）であってこれも江戸期俳諧史の中で唯一のものである。また、江戸期の女性俳諧師は数多く、選集も百を超え、諸国を旅した諸九尼、菊舎尼などの仕事も瞠目すべきものであるが、いずれも夫死亡の後に尼となって自由を得たひとばかりで、有夫のまま足掛け五年丸四年以上の諸国行脚の旅を続けた浜藻のようなひとは他にいない。

そして『八重山吹』は、西国の無名の女性たちばかりと一座して巻いた歌仙半歌仙の集であって、江戸期の男女含めて何千という俳諧集の中でも異色特別のものである。

しかし浜藻の名も仕事も幕末から維新、明治の富国強兵の時代風潮のうちに埋没して、ほとんど世に知られることがなかった。本来なら女性俳諧史のみならず、文化史社会史的にも特筆されるべきであるのに、長く埋もれたままであったこの『八重山吹』が、二〇一二年に「五十嵐浜藻・梅夫研究会」によって翻刻され、町田市民文学館から出版される運びになったことは、ほんとうに嬉しくありがたいことである。

なぜ浜藻の名が埋没していたかといえば、『八重山吹』が連句集であったからと思われる。そして連句集であるからこそ、浜藻の仕事はすばらしいのである。

連句集ということ

江戸期に於ける俳諧集の出版は何千という数に及ぶ（天理図書館綿屋文庫だけでも三千冊を超える）。十七世紀末から十九世紀にかけて庶民の出版物が何千冊もある国は世界中でも日本だけであろう。宮廷文化のみでなく庶民文化の点ではわたしたちの国は先進国であった。識字率も高かったのは特殊な文芸形式「俳諧」に拠るところが多大である。

その数多い俳諧集でも付合（連句）集は少ない。まして女性の連句はごく稀少であって片手で数えられるほどしか版本になってはいない。出版するのに発句集に比べて経済的に不利だからであろう。たとえば連句の一般的な歌仙形式は三十六行。これを発句のみにすれば三十六人載せられ、入花料という掲載料が三十六人分集められる。歌仙は複数の人が一座して巻くのであるが、三人とか四人とかでその三十六行分を負担しなければならない。作品は共同制作であるから宗匠以外の名が有名になることもない。これは現代でも同じである。

その経済上不利な連句ばかりを、五十嵐梅夫と浜藻父娘は敢えて百数十巻も版木に刻んで上板した。俳諧史上にもそれ以上連句を出版したのは四国の栗田樗堂だけである（一茶も二百数十巻の連句が遺っているが、殆ど死後から近代になって出版されたもの）。

梅夫、浜藻父娘は当時三大家と称された井上士朗、夏目成美、鈴木道彦と親交があり、成美の書簡集に仙台の大家岩間乙二《おつに》に宛てた「浜藻は娘道成寺の手をつくし」の一行があるものが遺るので、乙二とも知り合っていた。そういう大家から句を貰って発句集を出版すれば、世にもてはやされたであろうし長くその名が埋没することもなかったかも知れない。にも拘わらず父娘が選んだのは地方の無名人との交流であった。

父娘にそのような志を持たせた契機は、やはり梅夫の兄で浜藻の伯父である五十嵐家七代目の不慮の死ではないであろうか。人の心の定め難さ、命のはかなさを思い、それだからこそ一座連衆と結ぶ歌仙に、かりそめの乾坤を作り、見知らぬ人とも共に生きる座というものをなつかしく尊いものに思ったのではないだろうか。自分の名声などは考えずいっときの縁を楽しもうと思ったのかも知れない。それが発句集ではなく連句集に向かわせたと推測されるのである。

しかし、人生の無常を感じたとはいえ、浜藻は大層明るく朗らかな闊達な人柄であったようである。たとえば、

うぐいすや田舎廻りのおちゃっぴい　鶴老
門口や先愛敬のこぼれ梅　一茶

という五十嵐家を訪れた鶴老、一茶の挨拶句を見ても、笑顔のいい愛敬のある人柄が偲ばれる。「おちゃっぴい」というのは、当時大人気の歌舞伎女形岩井半四郎の扮した町娘をおちゃっぴいと囃し、流行言葉になっていて「口まめ鳥のおちゃっぴい、にくてらしほどかはゆらし」と長唄の文句にある。この時は文化八年と推定されるから浜藻は三十九歳の大年増であるが、ちゃきちゃきの下町娘のような潑溂とした見かけだったのであろう。そのような性格でなければ諸国行脚して、男性ばかりの中に紅一点として何十巻もの連句を巻くことはできなかったと思われる。

女性も加わった連句が版本に載ったのは、芭蕉の指導による去来、凡兆撰『猿蓑』が最初である。俳諧の古今集とも称される『猿蓑』は現代に読んでもすばらしい付合であるが、四季四歌仙のうち「梅若菜」の巻だけは後半付廻しになっていて少し質が落ちると評されている。この巻に智月、羽紅の二人の女人が付句をしている。芭蕉が敢えて質の劣る「梅若菜」の巻を加えたのは、女性が歌仙に参加することの意義を思ったからではないか、と、近世文学者故髙藤武馬氏（元法政大学教授）の論考にある。

さらに、子どもを一座連衆に加えたのも芭蕉であって、元禄五年三河の太田白雪亭での二歌仙に、白雪の子が桃先、桃後という名を芭蕉に貰って付合をしている。

連句に「おんな子ども」を参加させる緒口は芭蕉がまず切ったのである。芭蕉最後の歌仙は斯波園女に招かれて巻いた『菊の塵』であるが、版本に女性参加の巻が載ったのは園女に一歩先んじた、肥前田代の寺崎紫白による『菊の道』である。このことは浜藻の『八重山吹』刊行を思い立つひとつの契機であったかも知れない。

旅の成果

浜藻の名が連句作品に初めて見えるのは、享和元年金令舎鈴木道彦の新邸での半歌仙である。新築祝いの座で二席設けられ、浜藻は江戸に来ていた井上士朗や一茶と堂々の付合をしている。梅夫は成美と別の座であった。

ここで五十嵐父娘は一茶と相識り、西国行脚の話を聞いたに違いない。一茶は六年に渉る旅を終えて帰ったところであった。

父娘が西国に旅立つについては、夏目成美の紹介状もあったろうが一茶にも紹介状を貰ったのではないかと察せられるのは、他の俳諧師が訪れていない小豆島へ行っているからである。『八重山吹』、梅夫撰の『草神楽』とも「天」の巻は長崎で始まっているが一茶も長崎には逗留している。

名主の妻である浜藻が夫を家に置いて父親と行脚に出るのは普通のことではない。父娘にしても最初から四年余の長旅を計画していたのではないような気がする。通行手形は半年とか一年とかの期限で出されるもので、父娘も当初は一年ぐらいのつもりだったのではないだろうか。もっとも五十嵐家は名主であるので、飛脚を送って判を押して貰えば延長できるわけであるが（行脚の途中でその土地の名主に貰うこともできた）。

長崎では、かねてから成美と交信していた久松菊也宅に身を寄せた。この久松家は長崎の町年寄で敷地千三百坪の大邸宅を持つ名家、廻船業であり長崎の古地図にも大きく載っている。札差の成美と廻船業の菊也は商売上の繋がりがあったかも知れない。

久松家には蔵書も多く、同じ肥前の寺崎紫白撰『菊の道』もあって、浜藻はそれを手にして深い感動を覚えたのではないか。紫白は肥前国田代奈良田庄（現鳥栖市）の奈良田八幡宮宮司寺崎平八の妻。今は佐賀県であるがもとは肥前一国、小さな村の小さな八幡宮の宮司夫妻が共に付合をし、夫が妻を立てて撰集を編ませたことは、俳諧という形式の自由さすばらしさを象徴している。何しろ和歌の長い伝統にも、女性が男性の撰をしたことはなく『菊の道』が本邦初の女性の撰集であるのだ。

およそ百年前のこの偉業を知ったことと、久松家で菊也の妻佐太女と両吟歌仙を首尾したことが、浜藻を女性ばかりの付合集を作ろうという志に向かわせたと思うのである。そして父梅夫は、その志を完遂させるために旅を延長して応援したのであろう。女性で付合のできるものはごく少なかったから、図らずも丸四年以上の月日を要したのではないか。

『八重山吹　天』の歌仙二巻目は小倉で少女二人との付合である。連句の座に幼ない子どもが加わったものが版本になったのは、芭蕉が桃先、桃後を加えた三河での座以来。浜藻は芭蕉の思想を継いでいるのだ。

豊前小倉の十三歳のふき女と十歳のりえ女は、おそらく家庭で父母に連句を教わったのであろうが、その両親の名は判らない。出自不明の二人の少女は『八重山吹』のおかげで史上に名が遺ることになった。連句は家庭教育の実践教材としてまことに有効なものである。古今東西、森羅万象を詠みこむことになっているので楽しみながら諸般の知識が豊かになるのである。版本になったものは稀であるにしても、多くの家庭で親子の付合が為されたと思われる。

五十嵐父娘は長崎に滞在すること三ヶ月、これは飛脚を武蔵大谷村（現町田市）に送って返事が来るまでの日数であろう。浜藻は詞書《ことばがき》を一切付けていないのでそれからの旅は『草神楽』と付き合わせて推し測るしかないが、文化四年は九州から中国筋の海側を遡上し、備前笠岡でやはり三ヶ月以上滞在、ここでは笠岡連のよい連衆に恵まれて優れた作品を量産している。殊に『草神楽』に収められた歌仙には、思わず膝を打ちたくなるような付合があるのだ。

笠岡の女性俳諧師たちはいずれも夫に学んだようで、ふだんは秋の夜長や冬籠りの日々に夫婦で付合をして遊んでいるらしい。ほほえましいことである。

明けて文化五年の正月十九日には、小豆島に移って歌仙興行、二巻目は六月三日であるので半年間小豆島に滞在したかに見える。『草神楽』では讃岐へも渡っているから、舟で内海沿いの諸方を往来したのであろう。文化七年近江の代官の妻奥村志宇と両吟、このときほぼ撰集のかたちが決まっていて序文を依頼したと思われる。最後の巻は尾張であるが、これは梅夫が『草神楽』の序文を井上士朗に依頼するためであったろう。再度京へ戻って勝田善助書肆に版下を渡し父娘の撰集板行の運びとなり、旅の成果は結実して大谷村へ帰還することができた。

文化八年に大坂で発行された『正風俳諧名家角力組』という一枚刷りの番付表には、東方の二段目に「濱も女」と入り、西方二段目に志宇の名が見える。これは『八重山吹』の評価といえよう。梅夫は六部の大冊を板行したのに四段目の三十人ばかりの中に細く入っているから、やはり女性撰集という稀少価値が当時大きく評価された証しであろう。そして志宇も『八重山吹』序文の夢物語が異色で、江湖の話題になったものと思われる。

尚、発行は文化十年であるが『万家人名録』三巻に浜藻の絵姿が入っているのは、文化七年大坂滞留の時に描かせたものであろう。志宇も一枚摺であるが梅夫はここでも見開きに二十人ぐらい並んで一句入れたのみ。絵姿はない。

梅夫は自分の名を挙げることは思わず、娘の史上初の企てを応援し費用を惜しまなかった。この父あっての娘であった。

浜藻の謎

浜藻は創る人であって記録する人ではなかったようである。歌仙には一切前書がないし旅日記も書かなかったようだ。発句も歌仙も創作、つまりフィクションであって事実ではないので、いくら読んでも実際の浜藻については不可解な点が多いのに答えが見つからないのである。

まず、浜藻は父伝兵衛孝則の十五歳の時の出生である。江戸時代にしても少し早過ぎる感があり、十五の年の差なら夫婦と間違われるのも無理はないと思う。

最初に名が見えるのは成美撰『くらま畚《もつこ》』で、「秋風や手習の墨とくかはく」江戸少女はまもと入集している。『くらま畚』刊行時浜藻は二十七歳。幼ない時の句がこの撰集を編む成美に拾われたのであろう。梅夫と浜藻は暫く江戸で暮していたのではないか、とこのことから推して考えられる。十八歳の折の五十嵐家の奇禍によって大谷村へ戻らざるを得なかったのであろう。成美との親密さから何か商売をしていたか。大谷村の領主は旗本久留氏で、江戸古地図に久留氏の住居は牛込となっている。或いはこの牛込の邸内で何らかの用をしていたとも考えられる。成美が久留氏のお蔵米を預かっていたところから、祖父祇室、父梅夫と縁がつながっていたのではないだろうか。享和元年二十九歳の折に、金令舎鈴木道彦の新宅完成祝の座に、成美、道彦、士朗という当代の三大家や一茶と一座し、堂々の付合を見せているのは充分の習練を伺わせる。実力のない者を成美が連れて行くとは思えないので、資料は遺っていないものの何度か付合をしたことがあるはず。江戸に別宅があったように思われる。

最大の謎は、名主の妻が夫を置いて四年余の諸国行脚をなぜ志したか、なぜそれが許されたかということで、前節でも述べたように当初から長旅の計画はなく、女性付合集という試みを思い立って帰郷せず、夫には事後承諾であったのかも知れない。家付きの一人娘で婿取りをしたからこそ出来たことである。

次に、五十三歳で一子才助を生んだことになっている不思議がある。

「五十嵐浜藻・梅夫研究会」がほぼ解読した、近江の志宇からの書簡が町田市立自由民権資料館に現存する。それによれば、

（略）いつ比かひたちなる人まいり語しは君は古郷へ帰りましてみどり子などまうけ給ふときゝし折、こたびの御そうそにあつま日本橋としるし給ふ事いかにや〳〵とおもひつゞけぬ
（略）

という文章がある。常陸の人がやってきて浜藻の噂をし子どもをもうけた、と話したのである。浜藻からの手紙にはそのことが書いてなかったわけで、また浜藻の手紙（御そうそ）に住所が東日本橋とあったのはどういうわけか、と志宇は思いをめぐらしている。

この書簡には「(略)都に有し姉なるまゝ三とせも過ぬる也(略)」という文言があるので、文化七年に姉妹の契りを交わしたらしくそれから三年という。文化十年ならば浜藻四十歳。志宇の噂の又聞きが本当ならその子どもはどうなったのか。夫とは別居していたようであるが。

一方で系図上では、浜藻の子は五十三歳の時にもうけた才助となっているのである。

六十歳の折に二つ歳上だった夫が亡くなり、その後十七年を生きて嘉永元年二月十四日、浜藻は実り多い生涯を閉じた。

その墓碑にまた大きな謎がある。「同会」として共に葬られている「無外離弦居士」は、前年に亡くなっているという。五十嵐家を訪ねて過去帳を拝見したら、無外離弦居士は孫とあった。俗名は誌してなかった。

浜藻死亡当時、一子才助は二十四歳。孫がその子であるならどう考えても十歳未満で、戒名は童子と付くはずである。墓碑の戒名は弦を離るれば外に無しということで、芸道一筋に生きた人を思わせる。もしこれが、志宇の噂の又聞きにあったように四十歳の折に子をもうけたのであれば、そしてその子が女子で嫁入りしたとすれば成人(江戸期では十六・七歳で元服、一人前となった)した孫がいても不思議ではないのであるが。

また墓碑の裏面には、後から彫り込んだとしか見えない「九代目伝兵衛之墓」の文字がある。十七年前に亡くなった夫が建てるわけはないので、これも不思議のひとつである。

しかし、どんな謎があろうとも浜藻の仕事や物の考え方のすばらしさを損じるものではない。

こののち『草神楽』が有志の方々の手によって解読され翻刻されれば、いっそう浜藻の才能や思想が輝くことであろう（この後、二〇一五年に刊行）。『八重山吹』は辺境の、一座付合に慣れていない女性ばかりが連衆であるから、文芸作品としては今ひとつなのだけれど、『草神楽』では何処でも紅一点として非凡な付合を見せている浜藻なのである。

おわりに

みごとな大きな幟が保存されている南大谷天神社は、五十嵐家の二代目が京都で仏師に天神像を彫らせて勧進したものである。この二代目は歌人であったし、浜藻の曽祖父もまた歌人で、墓碑に和歌が彫られている。そのような文人の家系であったからこそ梅夫、浜藻の志と仕事は成就したのであろう。またその当時町田一帯に学問熱が高まっていたことも『小島日記』（小島日記研究会・小島資料館）などで推察される。内的外的に条件は調っていたとも言えよう。

ここで私事に渉るけれども、私が浜藻と出会った経緯を書いておきたい。

一九八九年（平成元年）、私は『芭蕉にひらかれた俳諧の女性史』（オリジン出版センター刊）を上梓した。その翌年のこと、全く未知の柴桂子さんという方から『江戸期おんな考』創刊号一冊とお手紙を頂いた。不明にも私は知らなかったのだが、柴桂子さんは近世女性史研究家で、日本全国の県立図書館その他を尋ねて江戸期の女性作品を蒐集研究しておられる方であった。

お手紙には、大分県日田の元禄・享保期の女性俳諧師長野りんの末裔の家を訪れ、そこに前述した私の著書があったこと、長野家の方が「一族の者が知るより詳しく書いてある」と喜んでいらしたこと、『江戸期おんな考』に参加しませんか、とあった。

小出版社で千五百部しか刷らず宣伝もしなかった拙著が、日田に届いて長野りん女の一族の方に読まれたというのに驚き、また世田谷にお住まいの柴さんが大分でごらんになってお手紙下さったのも嬉しく、江戸期の女たちの書物を研究する同志の会があるのもありがたかった。

その柴桂子さんが、私が俳諧を専門にしていると知って、「こんなのがありますが」とコピーを送って下さったのが『八重山吹』であった。女性ばかりの連句集！　と私は狂喜してお礼状を書いた。

連句集というのは実際に連句を巻いた者にしか判らない点がある。俳文学の諸先学はおおむね男性、数少ない女性学者の方も連句をご存知なくて『八重山吹』は長く評価されずに来たと思われる。それからの浜藻研究は『言葉を手にした市井の女たち』（一九九二年、オリジン出版センター刊）の中に「歌仙百二十巻の旅　五十嵐父娘」と一章を割いて詳述したのでここでは省く。研究書は部数も少なくあまり読んで貰えないので、小説に軸足を移して長篇二冊、短篇二作を収めたもの一冊と、長く浜藻と付き合ってきた。

ありがたかったのは、平成七年、芭蕉生誕三百五十年、角川書店創業五十周年を期して出版された、大冊の『俳文学大辞典』に、編者の故尾形仂《つとむ》先生が「浜藻」と「八重山吹」の項目を立てて私に書かせて下さったことである。それまでの俳諧辞典には載っていなくて、私が『つらつら椿　浜藻歌仙帖』を出版したとき、辞典にはないが実在の人物か、と書評家から問い合わせがあったくらいだった。

俳諧というと芭蕉、蕪村、一茶など有名な俳諧師ばかり取りあげられるが、五十嵐父娘は地方の無名の庶民たちと共に生きる座を世に顕わそうとしたのであって、その志と思想は尊いものであった。

このたび翻刻される快挙を喜ぶと共に、市民と一緒になってこの企画を実現させた町田市民文学館の姿勢に敬意を表したい。町田には文学の豊穣な土壌がある。『八重山吹』の翻刻を契機として、今後の文学館の事業に大きな期待を寄せている。

（町田市民文学館発行『八重山吹』翻刻本二〇一二年より転載）

あとがき

五十嵐浜藻編『八重山吹』（天・地）及び、父の梅夫編『草神楽』（天・礼・楽・射・御・発句）は、文化七年京勝田善助肆で上板された、すべて付合集（連句集）の、江戸期俳諧書の中でも比類のない珍しいものです。
両著とも「天」の巻は文化三年長崎で始まっており、『草神楽』に序文を寄せた尾張の、「尾張名古屋は士朗《しろ》で持つ」と囃された井上士朗は、

序

草かぐらは、ところ〴〵にはいかいをたゝきありくの、名なりけり。そのひゞき瓊の浦によく転びて、をかしき音の出たれば、これを一集のはじめとして、ときこへける。あら、おもしろの拍子やな。

と誌しています。瓊の浦は長崎湾の美称で、浜藻の戒名が「青香院瓊厳濱藻大姉」であるのも、

長崎という土地に深く思いを寄せていたからと思われます。

本書は、その長崎での父娘を史実に添いつつも大体はフィクションで描いてみました。とは言え本書の稿を仕上げたのは八年も前のこと。それまでに浜藻を素材とした短篇二篇、長篇二冊を上梓していますが、発行元の新人物往来社がその時点で業務停止されたため、筐底に深く、と言えば聞えがいいですけれど、実は資料など詰めこんであるダンボール箱に眠っていたもの。まだ翻刻本は出ておらず、版本のみ頼りに書いたものでした。

仕合せなことに、高橋睦郎氏にご紹介頂いて、幻戯書房とご縁が出来、既刊二冊に続いて上梓できることになりました。

出版に当っては未だに手書きの化石人間の私を、私の主宰誌『解纜』編集人渡辺柚さんが版下打込、校正を助けて下さいました。ありがとうございました。

幻戯書房代表田尻勉氏、編集者名嘉真春紀氏、装丁の真田幸治氏には行き届いたご配慮を頂きました。心に深く御礼申し上げます。

令和元年　寒露

別所真紀子

参考資料

『八重山吹』『草神楽』（版本）富山県立図書館蔵
『八重山吹』『草神楽』（翻刻本）町田市民文学館
『長崎事典　風俗文化編』長崎文献社、昭和五十七年刊
その他

（尚、作中の連句・発句は『八重山吹』『草神楽』よりの引用および著者の作が混在しています）

五十嵐浜藻年譜

別所真紀子編

安永元年（一七七二）　一歳

五十嵐家八代目伝兵衛孝則（梅夫）の長女として出生。このとき父十五歳。幼名・茂代。

天明六年（一七八六）　十四歳

六代目伝兵衛孝道こと祖父祇室歿。浜藻の俳諧の素養は祖父・父によってすでに身についていたと思われる。

寛政二年（一七九〇）　十八歳

七代目当主とその娘、孫二人が非業の死を遂げる。七代目は梅夫の兄と思われ、この年梅夫、八代目当主となった模様。

寛政十年（一七九八）　二十六歳

『いがらし句合』入集。

寛政十一年（一七九九）二十七歳

浜藻に片野家から婿を迎え、九代目伝兵衛義矩となる。浜藻の二歳年上であった。『くらま畚《もつこ》』（夏目成美編）に「江戸少女はまも」として、「秋風や手習の墨とくかはく」入集。

享和元年（一八〇一）　二十九歳

鈴木道彦、夏目成美、井上士朗、小林一茶らと半歌仙に一座する。

享和二年（一八〇二）　三十歳

『三日月集』（白図編）に、「このほどや夜も扇をかざしたし」入集。

文化元年（一八〇四）　三十二歳

『はたけせり』（松窓乙二編）に「市の雛花の恋しき御顔かな」入集。

文化三年（一八〇六）　三十三歳

父梅夫と西国行脚に旅立つ。六月、安芸での一巻が最初で、九月には長崎に渡り暮まで滞在。諸家と歌仙行脚。

文化四年（一八〇七）　三十四歳

筑前、筑後、豊後、下関、安芸、備後、備中、備前など遍歴。歌仙興行し、女性俳諧師との付合を重ねる。七月、福山に菅茶山を訪ね「女俳師濱藻索詩」と題する漢詩一篇を贈られる。

文化五年（一八〇八）　三十五歳

正月十九日から六月三日まで小豆島に滞在。

文化六年（一八〇九）　三十六歳

京阪、近江、尾張、津、伊勢など遍歴。

文化七年（一八一〇）　三十七歳

『八重山吹』『草神楽』京勝田善助肆で板行。帰郷。

文化八年（一八一一）　三十八歳

『正風俳諧名家角力組』番付表に前頭十三枚目として記載。『随斎筆紀』（成美・一茶編）に、「春の夜の外のひとつや梅の花」「姥捨をよそから見たり寒の入」入集。

文化九年（一八一二）　三十九歳

一茶、下総の鶴老を伴って浜藻を訪れる。鶴老に「うぐいすや田舎廻りのおちゃっぴい」があり、一茶の『株番』に入集。一茶遺稿「浅黄空」に、「門口や先愛敬のこぼれ梅」「乙鳥よ紅粉が足らずば梅の花」がある。なお、この年あたり成美、一茶、浜藻の三吟半歌仙が残る。『なにぶくろ』（今日庵一峨編）に、「見るほどのすみれ摘みたくなりにけり」入集。

文化十年（一八一三）　四十歳

『万家人名録』三巻に絵姿と句「つゆよりも先にのぼるやけふの月」入集。『ひさごものがたり』に「夕顔や竹の奥には灯のみゆる」入集。

文化十三年（一八一六）　四十三歳

『的中集《まともうし》』（洞々編）に、「青柳や手を放すとき芝の鐘」入集。

（年次不詳）

この頃、父娘は北陸行脚に旅立ったかと思われる。成美・蒼虬紹介状現存。

文政二年（一八一九）　四十八歳

『はいかい三霜』に、「なく鹿の思ひ草かや我木香《われもかう》」入集。

文政三年（一八二〇）　四十九歳

梅夫、歿。発句百を蒐めて大谷天神に扁額を奉納する。長崎菊也など『草神楽』に収められた者の名が多いので、梅夫追悼のため名に因んだ梅の発句を選んだものと思われる。現存。『椎柴集』（蘭風編）に、「かんこ鳥鳴くとき須磨がおもはるゝ」入集。

文政四年（一八二一）　五十歳

『浅原日記』に、「ふくらかに桔梗のやふな子のほしや」入集。

文政七年（一八二四）　五十三歳

一子・才助出生。十代目伝兵衛政美、号都山、和歌を能くした人。母（梅夫妻）歿。

天保二年（一八三一）　六十歳

夫・九代目伝兵衛義矩、歿。享年六十二。

嘉永元年（一八四八）　七十七歳

二月十四日、浜藻歿。墓は前年に歿した「無外離弦居士」と同会となっており、右側面に「やまざくら見ぬ人のためをしみける」と刻まれ、左七十七歳、側面に二人の歿年月日、その間にはさまれるようにして、故人の九代目伝兵衛建立とある。浜藻の戒名は「瓊厳浜藻大姉」と彫られているが、過去帳には「青香院」の記載がある。

装画　小村雪岱
装幀　真田幸治

別所真紀子（べっしょ・まきこ）一九三四年、島根県生まれ。詩人・作家。連句誌「解纜」主宰。著書として評論に『芭蕉にひらかれた俳諧の女性史』（長谷川如是閑賞入賞論文所収）、『言葉を手にした市井の女たち』、『共生の文学　別所真紀子俳諧評論集』、『江戸おんな歳時記』（小社刊。読売文学賞随筆・紀行賞受賞）、小説に『雪はことしも』（表題作で歴史文学賞）、『つらつら椿　浜藻歌仙帖』（町田文化賞）、『芭蕉経帷子』、『残る蛍　浜藻歌仙帖』、『数ならぬ身とな思ひそ　寿貞と芭蕉』、『詩あきんど　其角』、ほかに詩集四冊、童話などがある。

浜藻《はまも》崎陽《きよう》歌仙帖《かせんちょう》

二〇一九年十二月十一日　第一刷発行

著　　者　別所真紀子
発 行 者　田尻　勉
発 行 所　幻戯書房
郵便番号一〇一－〇〇五二
東京都千代田区神田小川町三－十二
岩崎ビル二階
電　話　〇三（五二八三）三九三四
ＦＡＸ　〇三（五二八三）三九三五
ＵＲＬ　http://www.genki-shobou.co.jp/

印刷・製本　精興社

ISBN978-4-86488-180-7　C0093

好評既刊（各税別）

江戸おんな歳時記

別所真紀子

「男性上位の旧時代、こんなに多くの女性が、こんなに個性豊かな俳句を作ったとは」（高橋睦郎氏）。埋もれた江戸期の女性俳句を有名・無名問わず全国から渉猟、四季別に精選し紹介する、画期的俳句案内。

読売文学賞（随筆・紀行賞）受賞

四六判／二三〇〇円

詩あきんど　其角

別所真紀子

師の跡を慕わず、師の求めたるところを求めよ——松尾芭蕉第一の門弟にして、洒脱で博覧強記の俳諧師・晋其角。江戸の世に言葉で身を立てた男の生涯を追い、その句を味わう、実在の人物や付合も多数登場の傑作評伝小説。（カラー口絵二頁）

四六判上製／二四〇〇円